歩きながら考える

ヤマザキマリ

漫画家・文筆家・画家

JN032400

773

中公新書ラクレ

はじめに

新しい習慣、新しい私

「自分にとって移動を伴う行動、旅に出かけることは、メンタル面における絶対的な栄養供給源である」

２０２０年の早春に始まった新型コロナウイルスのパンデミック（世界的流行）以前、私にはそんな確信がありました。

仕事場のある日本と、夫とその家族が住むイタリアを頻繁に行き来する生活を何年も続けていて、日本に2週間でも留まっていると、視野や価値観が狭窄《きょうさく》的になってくるような危機感に見舞われ、どこかそわそわと落ち着かなくなってくる。それほど、〝移動〟というものが私には当たり前のものになっていました。

インタビュー取材の依頼などが、海外に長く暮らし、異文化での経験が豊富なことを前提にしたものであったりと、周囲からの認識も「旅する漫画家」というイメージがある程度できあがっていたように思います。

そんな私が、イタリアの家族と離れて東京の自宅に留まることを選び、同時代を生きる多くの人々と同様に、急遽《きゅうきょ》、たちどまることを余儀なくされた。このパンデミックによって移動の自由を奪われ、それが創作を職業としている自分にどんなダメージとなって顕《あらわ》れてくるのか、焦りと不安のようなものをしばらく抱えることになりました。

ただ実際には、たちどまることで得たものが非常に多くあったのです。

より深く思索を重ね、それまで見落としていたことに気づいたり、新しいことに興味をもって調べ始めたり。忙しいからと棚上げしていたことを、軌道修正する機会も得ることができました。それまで移動に充てていた分の時間が物理的に空いたおかげで、日々充実させられるようになったこともあります。

もちろん、すんなり移行できたわけではありません。SNSのような視野を狭める世界に吸い込まれそうになり、「ここではないどこかに行かなければ」という切迫感に引きずられ、度々気分が塞いでしまった時期もあれば、自分をざわつかせる情報を遠ざけるようにして、冬眠するクマのようにエネルギーの消耗を避けていたこともあります。コロナ禍によって突然の生活の変化に見舞われ、その対応に苦慮した人は少なくないとも思います。

しかし、いつまでもたちどまっているわけにはいかない。たちどまっているからこそ、移動してばかりいては気がつかなかったこともたくさんあるはずだ。

毎日自分にそう言い含めているうちに、私は何とか歩き出すことができた気がします。2020年9月に刊行した『たちどまって考える』をまとめたのは、その過渡期だったように思います。世界でもいち早くイタリアで感染が爆発した背景や、ヨーロッパにおける疫病の歴史、彼らの認識など、日本の皆さんに伝えたい情報をその本に記しました。

パンデミックが始まってから2年半以上。今では「早くどこかへ行かなければ」という焦燥感は、私のなかにはまったくありません。この意外とも言える心境の変化は、諦めというものとも違っています。言葉にするなら、「新しい習慣に対する適応」が私の身のなかに定着したような感覚とでも言うのでしょうか。自分でも気がつかなかった、新しい引き出しがまだまだあったのです。人間というものは、「自分とはこういう人間である」と自らが思い込んでいたり、周囲から思われていたりもしますが、そういったイメージに固執する必要はありませんし、むしろ振り払ったほうがいい。そうすれば、いくらでも臨機応変に置かれている状況に適応できるようになる。

今では自らの身をもって、そのように確信しています。


私たちはいくつかの感染拡大の波を経験し、外出を厳格に控えていた自粛生活から、感染予防の対策に気を配りながら移動を伴う経済活動を営むというフェーズに入りました。私自身も、国境を越えるほどの移動にはいまだ慎重ですが、国内においては移動の範囲が広がっています。

一方のウイルスもまた、変異を何度も何度も繰り返し、落ち着いたように見えたとしても、依然として生存し続けている。感染拡大の波はあと何度起きるのか、一連のパンデミックが完全に終息したと言えるのはいつになるのか。

明快な回答が求められる問いだとは思いますが、20世紀初頭に蔓延したスペイン風邪がそうであったように、今回の疫病の実態がはっきりとわかるのは、おそらく何十年かのちのことになるような気がしています。疫病の蔓延が時代の変化に大きく作用した記録が残る、古代ローマや中世、ルネサンス期など、過去の歴史を振り返るほどに、私はその思いを強くしています。

ウイルスとの共生は、人間にとっては特段に新しいことではありません。しかし予定調和を全うしたがる現代の多くの人々にとって、先行き不透明で心許《こころもと》ないこの環境は受け入れがたい世界ではないでしょうか。ましてやロシアとウクライナの戦争に、食糧供給や経済全般への危機なども、日常的なニュースとして耳に入ってくる時代となればなおさらです。

では私たちは、この未知なる展開が控えている今の状況のなかで、何をどう考え、どう生きていけばいいのでしょう。そんな思索が終わることはありません。

本書は、パンデミックによって発生した新しい環境に適応し、新たな歩みを始めた私が、出会い、経験し、考えたことの記録です。

目次

はじめに 3
新しい習慣、新しい私

第1章 歩き始めて見えたこと …… 17
パンデミックによって生じた「焦り」
〝日本〟を考え始めた、私の日本暮らし
疑念の力を身につけ始めた人々
「これって、騙されてます!?」
カブトムシに死生観を学ぶ
日本ならではの「虫を愛づる」大人たち
リスペクトし合う相棒、ベレン

人間は地球に優遇される特別な生き物ではない
車の運転から見た東京という都市の性格
想定外の東京暮らし

第2章　コロナ禍の移動、コロナ禍の家族……57

八丈島で昆虫を探す
沖縄、慰霊の旅へ
来日した夫の水際対策
ベッピと広島平和記念資料館
呉で日本人の勤勉さに出合う
「シングル3つ」の我が家の距離感
「孤独」を味方につける
分かち合えない「家族の倫理」
夫婦の未来

ピエタが象徴する男の理想
地球に愛される人、デルス
「普通」って何?

第3章　歩きながら人間社会を考える

歩きながら人間社会を考える……107
「戒律」という社会の倫理
オリンピック開催に見た「日本らしさ」
〝世界を一体化〟する単純倫理の圧
「ベンフィカでは誰が好きだい?」
カネッティに学ぶ「群れ」の考察
ワクチンをめぐるリテラシー
イタリア人の達観、日本人の変容
若者が抱える「悲観から生まれる楽観性」
デルスの就活に思う学校教育の違い

スキンヘッドの反発と社会の成熟
西洋哲学と理想の授業
「愛国精神」に耳を傾けてみた
「日本」を掘り下げる作業
価値観の差異との共生へ

第4章　知性と笑いのインナートリップ……171

ドリフは世界に通じるクールジャパン⁉
裏切りと成熟とエンターテインメントと
落語に宿る、批判と笑いの精神
『ノマドランド』がくれた救い
往年の西部劇にハマって得た気づき
チャンバラ映画に見る日本の男と女の格好良さ
戦前の日本とギリシャ神話の類似性

最強の女が登場する『砂の女』
20億年分の未来をSFの金字塔で想像する
『祖国地球』というモランの提唱
死を想い、歴史を学び、古典を読む

第5章 心を強くするために …… 219

「常識」ではなく「良識」で生きる
「Keep moving」のすすめ
我が家の金魚の「全身全霊」
「死ぬまで生きればいい」というシンプルな真実
失敗を恐れるよりレジリエンスを
3度のお風呂でメンタルバランスを整える
等々力渓谷という日常のオアシス
自然のなかに身を置く必然性

パブリックイメージという予定調和
無理解を超えて——身近な人間関係
〝正しさ〟への疑念、情報を見極める力
「令和のルネサンス」という未来
おわりに　275

歩きながら考える

第1章
歩き始めて見えたこと

パンデミックによって生じた「焦り」

どんなに長くても1年後には終わっているんじゃないか。

新型コロナウイルス感染症（COVID－19）のパンデミックが始まってしばらくは、そんなふうに捉えていた人は少なくなかったかもしれません。

世界保健機関（WHO）が、パンデミックの認定を発表したのは2020年3月11日。日本では当初、感染症そのものに対する恐怖よりも、世界各国の対処の仕方があまりに違うことに、人々のパニックの本質があったように思います。

〝不要不急〟という個々で解釈が分かれるような曖昧な基準が掲げられ、緊急事態宣言の名のもとに外出自粛などの自主的な行動制限がとられたのが日本における対応でした。それに比して欧米諸国では、法的拘束力を伴う厳格なロックダウン（都市封鎖）によって人々は自宅隔離を義務とされ、大都市からは人影が一切なくなりました。ヨーロッパの情緒感溢《あふ》れる石畳の街中には軍隊が派遣され、物々しい迷彩柄の軍服を着た兵士が違法者の取り締まりを行っているという異様な光景が、ニュース映像として流れていたものです。

私のイタリア人の夫が暮らしているイタリア北部でも、2月下旬に最初の感染者が、そして感染症による最初の死者もまさに同じ日に確認され、瞬く間に感染爆発が起きました。一時はイタリアの死亡者数が世界最多になるほど状況は熾烈《しれつ》を極め、政府は3月10日に最初のロックダウンをイタリア全土に施行しました。

夫のアドバイスもあり、東京に留まることを決めていた私は、そうしたイタリアの情報を聞くに連れ、これは当分向こうへ戻ることはできないな、と自覚を深めていました。

私の仕事の中心である日本と、夫が住むイタリアとの往復がしばらくは私にとっての生活のデフォルトとなっていました。漫画の取材やテレビの仕事で海外の取材も度々入っていましたし、息子がハワイの大学で学んでいた間は、渡航先に日本から行きやすいハワイも加わっていましたので、地球のなかを頻繁に移動している感覚が身に馴染んでいたのです。

いろいろな場所を渡り歩くことで、常に多様な価値観や視野に適応するのが当たり前になっていた生活は、創作の稼働力にもなっていると考えていました。

例えば、古代ローマの皇帝やルネサンスの絵描きたちは日々どんなことを感じ、思っていたのかといったことから、夫との何気ない会話から見えたイタリア人の価値観といったものまで、イタリアの文化芸術に触発され、日常の暮らしから刺激を受けることで、漫画などの作品のアイデアやテーマを見つける部分が大きかったからです。

移動すること、旅することがなくなれば、私はひょっとして生きていけなくなるのではないか。私自身も周囲の人間も、そのように捉えていた向きがあります。創作の源となる〝素材〟がなくなるかもしれない。その危機感は私にとって相当に大きく、東京の自宅に籠もっているだけだと、まるで貯蔵庫にあるものが全部食べ尽くされていくような焦りを覚えました。

日に日に迫る漫画の締め切りを前に、アイデアの発芽の勢いが以前よりもペースダウンしてしまった気がして、鬱のような状態になりかけた時期もあります。

感染状況が落ち着いたかと思えば、また急拡大。寄せては返す波のように、感染の拡大は繰り返される。疫病とはそうしたものだと、あらかじめヨーロッパの歴史から私は学んでいましたので、それ自体によって恐れや不安を感じることはないのですが、実際に自分の生活に、それも創作の根幹に関わるところに予期せぬ影響が波及したとなれば、やはり揺さぶられる部分が出てきます。

変化というものは、何事も新しい環境へ移行するタイミングにいちばん大きな負荷がかかります。私の場合は「常に移動していなければダメになる」という自分の思い込みを違う角度から見直して、できる範囲で少しずつ行動を始めたことで改善していきました。そうやって再び歩き出すために、この「焦り」は必要なものだったのかもしれません。

自分のそんな状態を通しても、現代に出現したこの新型のウイルスは私たち人間の知力や精神力を試すような存在であると感じています。

〝日本〟を考え始めた、私の日本暮らし

今回ほど長く日本に暮らすことになったのは、１９９０年代後半、28歳のときに息子のデルスを連れて、イタリアから実家のある北海道に戻って以来のことです。

私は東京で生まれたのち、早くに父と死別し、音楽家の母に連れられて北海道に移り住み、そこでしばらく育ちました。その後東京で再び暮らしたのち、17歳で画家を目指してイタリアのフィレンツェに留学。その11年後には長年連れ添った恋人との子どもを未婚で出産。ほ

どなく恋人とは別れて、シングルマザーになることを選びました。生活力のない恋人と子どもの両方を支えるのはさすがの私にも負荷が大きく、しかも自分にとって人生でいちばん困難なときに、本人の意思と関係なく生まれてきてしまった子どものことを思うと、今はとにかく必死で子育てをすることが最優先だと考えた結果でした。そして、幼い息子と北海道に戻ったのです。

留学こそ自分の選択でしたが、実は今の今まで、自分が住みたいと望んだ場所に私は住んだことがありません。イタリアが留学先となったのも私の意思とは関係ありませんでしたし、夫と結婚してからのこの20年ほどは、彼の勤務地に合わせ、エジプト、シリア、ポルトガル、アメリカのシカゴ、夫の故郷であるイタリアのパドヴァと、目の前に突如現れた流れに乗るかのように、地球規模の引っ越しを続けてきました。

東京も、必要に迫られて仕事の拠点を構えてはいたものの、特に長く暮らしてみたいと思ったことは今までありませんでした。それがこうして長くいることになったのもまた、私の意思とは関係なく、パンデミックという突発的な事象が起きたからです。予測もしなかった変化に、否応《いやおう》なく適応していく。生きるとはそういうものなんだなと、つくづく思います。

絵描きは、ものをよく観察します。対象をつぶさに見なければ、絵は描けません。油絵を学び、漫画家を生業《なりわい》としている私も、やはり常に目に入ってくるあらゆる物事を観察している人間です。

海外に転々と暮らしていた時期は、異文化を観察し、異なる価値観を理解するのに大忙しだったわけですが、日本に逗留《とうりゅう》しているこの2年半余り、観察のベクトルが変わり、その対象が自分自身や日本になりました。これも私にとって初めての経験で、そこから気づいたことがいくつかあります。

「自分には国境がない。アイデンティティもない。どこの国に行ってもアウェイの感覚で生きている無国境人間だ」

私は折に触れて、このようなことを公言してきましたし、周りからもそのように思われてきました。自分の居場所はどこにいてもアウェイだという気持ちに今でも変わりはありませんが、日本に生まれ、17歳まで日本という土壌で日本人の家族によって育てられた部分があるのも事実です。この頭やメンタリティには、日本ならではのものがインストールされているのは当然のことで、それはたとえしばらく海外にいたからといって安易に剝がせるものではないということにも気がつきました。

今回、日本に落ち着いて暮らすようになって、自分のなかに確実にあるこの〝日本的なるもの〟を非常に深く考えた気がします。息子のデルスも現在は東京に住んでいますが、同じようなことを言っていました。

外国にいるのとは違い、日本ではエトランゼ（異邦人）ではもちろんありません。ですが、暮らし始めた当初はやはりどこか周囲になじめない違和感を強く感じていました。アウェイでかまわないと思っている自分とその心境に戸惑っている自分がいる。このアンビバレントな感覚は、100年以上前に日本からアメリカの西海岸やハワイ、ブラジルなどに移住した日本人移民にルーツをもつ日系人が、日本にやって来た際に抱く心持ちと共通するかもしれません。ましてや私は高校までの多感な時期の教育を日本で受けていますから、日本のルーツは自分が普段自覚しているより潜在意識下に生々しく存在しているはずです。

その日本について、今まできちんと分析や考察をしてこなかったことにも、今回の日本暮らしで気づいたのです。

考えてみれば、日本に腰を落ち着けて、イタリア人よりも日本人と付き合う時間のほうが長くなったのも、私にとっては新鮮なことです。日本に暮らす様々な人たちと話をするうちに、自らの日本に根付いたメンタリティに関してもあらためて見えてきました。

例えば、日本のナショナリズムはイタリアやドイツ、アメリカで起きているものとは違う種類だとしばしば感じていたのですが、それがどこから生まれ、どう育まれてきたのかに興味をもちました。江戸時代末期に発生した尊王攘夷運動の流れから、その精神の軋轢《あつれき》や葛藤がどう発生したのか。日本の「保守」と呼ばれる人々の価値観、逆にそれとは反対の意見をもつ人たち、それらの動きがどこからどのように生まれてきたのか、といったことです。

「なぜ、そんな唐突に？」と思われるかもしれませんが、たまたま夫が執筆していた本の内容が、アレッサンドロ・ヴァリニャーノという安土桃山時代から江戸初期にかけて三度にわたり日本を訪れ、織田信長にも謁見していたイエズス会の宣教師についてだったことが関係しています。今に残されたヴァリニャーノの日本に関する洞察が、非常に面白かったのです。

日本人である私が、16世紀の宣教師であるヴァリニャーノと同じ立場や心境で日本を見ることができるとは思いません。しかし、今まで考察の必要性をそれほど感じていなかった事柄をあらためて考え直すきっかけになりました。

拒絶してきたもの、わかったつもりになっていたものでも、いざ蓋を開けてみたら、そこには自分の偏見も見えてきたし、素直に面白いと感じることもたくさんありました。離れ過ぎず接近し過ぎず、良い距離感を保って母国を観察する。そうしているうちに、日本という一つの社会のなかにも様々な価値観の人が、あらゆることをその立場で発言しているのに対し、忖度《そんたく》のないフラットな姿勢で耳を貸すことができるようになったと思います。自分のなかの思い込みから、これまで自ずと停止していた思考を歩かせ始めたことで、知らなかった世界観の内側を探索できるようになりました。これも、この日本暮らしで私が新たに身につけたことです。

疑念の力を身につけ始めた人々

パンデミックのなかで、好むと好まざるとにかかわらず何がしかの変化が生じたのは、私だけに起きていたことではないでしょう。日本の社会においては、政府やメディアに対して批判的な意見をはっきりと口にする人が増えたことも、その一つではないかと捉えています。海外との文化的な比較のなかで感じていたことですが、日本では人々が情報を懐疑的に受け止め判断してきた歴史が、他国より浅いと思います。いや、浅いどころか、懐疑的になること自体を良しとせず、ほぼそうしていないようにすら私には見えていました。

これがイタリア人なら、例えば政府が発表する情報には作為があるのではないかとまず疑ってかかります。そして政府の施策がダメとなれば、すぐ叩く。つまり、きっぱり批判します。国民の政治参加意欲が、日本とは比べものにならないほど高いのです。それもあってか政権も短命に終わることが多く、首相が頻繁に代わるのは当然だと思われているところがある。感染爆発の最中に「法の力によって、経済よりも人の命を優先させる」とリーダーシップを颯爽《さっそう》と発揮していたコンテ元首相も、危機対策の支出を巡る政党間の分裂のなかで辞任に追い込まれました。在任期間は約2年8カ月で、歴代のなかでは比較的長いほうでした。

隣国と陸続きで、外敵の侵入に常に晒《さら》されてきたヨーロッパでは、明日はどうなるかわからない、予定調和なんて許されない、という状況下で人々が今日まで生きてきた歴史、社会背景があります。ですから、未知のウイルスによるパンデミックのように先行きが不透明な時代に、ヨーロッパ人たちは強いのです。感染予防のマスク一つにしても、自己判断で取る人は取ってしまうし、着ける人は着けるといった具合で、それぞれに生きる上での思想がはっきりしています。「何事も最終的には自分たちが決める」という信念を、そのベースにもっているからです。

一方、日本では、「世間の皆さんがそうなら」と長いものに巻かれておくのを何となく選ぶ気風がありますよね。同調性が強いと言うのか、対立を避けて周囲との調和を優先する価値観は、日本の風土や歴史のなかで育まれたものだと思います。

それがこのパンデミックをきっかけに、政府が言っていることがどうも腑に落ちないと、自分の言葉や態度に出す人が少なからず出てきたわけです。

例えば、２０２１年の８月20日に感染のピーク（感染者数約2万５９００人）を迎えた第５波の時点での街の様子です。繁華街には人が溢れていました。それよりもぐんと感染者数が少なかったパンデミック初期には、より徹底した自宅待機が自主的に続けられ、銀座ですら人がまばらな状態だったことを振り返れば、雲泥の差です。人々の心境の変化が、そこに表れていたのではないでしょうか。

延長に延長を重ねても画期的な解決策にならない緊急事態宣言の発動、その他の政府の危機管理体制の矛盾、反対する人が多いなかでの東京オリンピックの開催……。思い起こせばこの2年半余りの間の経験によって、かつてのように「お上の言うことは正しい」とは日本の人々も受け止めなくなる兆しが顕著になってきました。結果が出ないようなことが繰り返されれば、その情報を発信しているものへの人々の信頼が失われるのは当然のことです。抑制されなくなった街中の人流は、日本人の考え方の変化、その傾向が現象化したもののように見受けられました。

疑う力をもつということは、情報を疑えるだけの知性と、あらゆる可能性に考えを巡らせる想像力があってこそです。そして、政府やメディアが発信する情報への疑念は、結果的に「自分たちの判断で好きなことを言い、好きな態度をとっていい」という自立した歩みにつながっているのだと思います。

疑念の感性は、危機にあって、鍛え磨かれます。不確かな時代においては特に、その力は生きる上での強力なスキルにもなり得るのです。

「これって、騙されてます⁉」

私はこれまでの人生で、何度も騙されたり、騙されそうになったりしてきました。特にイタリアや中東は隙あらば付け込まんとする人が少なくなく、「騙されるほうが悪い」という価値観が一般に浸透している社会です。留学した初っ端《しょぱな》の年にはすでに、アパートの同居人に家賃をぼったくられるといったことで、その洗礼を受けたものでした。

そのおかげで私の疑念を抱く力は磨きに磨かれ、今やすっかり何事に対しても疑い深い人間になってしまいました。

隙あらば……というのは、イタリアに限ったことではありません。お金を不当に多く払わされそうになるといったことは、世界を旅していればどこに行っても珍しくはない。それを未然に防ぐスキルも、痛い経験をするうちに自分の身に備わってくるというものです。

私にとって日本は、そんな世知辛い世界をめくるめく巡っては、時々帰ってきてホッと安堵できる場所でした。日本の人たちは皆とても親切で、誠実で、コミュニケーションの取り方も柔軟です。困っていれば、いつも誰かが手を差し伸べて助けてくれる。唾を飛ばしながら自分の主張を言い叫んでくる人もいない。

私はすっかりいい気になって、「自分の頭で考えて、疑うことは大切だ！」などと言っておきながら、日本にいるときは疑念をもつ手を緩めてしまっていたのです。

しかし、コロナ禍で日本に留まり生活を回していくに連れ、これは騙されていたのではないかと思うことが、日常の端々から見つかり始めました。随分前のことですが、著作『テルマエ・ロマエ』の二次使用に関する契約の問題などについて声を上げたら「モノ言う漫画家」と揶揄《やゆ》され、SNS上で炎上したことがありました。今回気づいたこともやはり、契約や財務上の事柄に関することが主でした。

モノをつくる人間は、大抵締め切りに追われながら想像力を駆使して次の構想を練っていたりしますから、契約書を隅から隅まで読み込んで、事務的なことの詳細を把握する、というゆとりが、正直言ってありません。もちろんできている人もいるとは思うのですが、創作モードに入ると頭が飛んでしまっている私には到底無理な相談です。作品のアイデアやプロットを考えているときはほかのことに目が届かなくなり、「これはそもそもこういうものだから」と勢いで言われたことに、「ああ、そうですか」と安直に返事をし、その場で署名をさせられたこともありました。

作家側の余裕のない事情をわかっていながら、曖昧な説明で作家に不利な条件でビジネスの話をまとめようとする姿勢は、やはりフェアとは言い難いと思います。

おかしいと思うことを指摘してみれば、「ヤマザキさんも、それはわかっていたと思うんですけど」「こういうふうに理解してもらっていると、私は捉えていたんですが、誤解があったようですね」といった言い方での返事をもらうことが実に多かったのです。悪気も落ち度もないふうでいて、結果的には相手の不利を良しとしていた。こうした対応は、イタリアやアラブ、ブラジルなどで経験した性質のものとは違う、日本の社会風土がもたらす独特な狡猾《こうかつ》さではないかというふうに感じました。

私が知っている「他人を優しく気遣う利他的な日本人」と、目の前で起きているこれらの現象から見える日本の在り様は、まったく異なるものです。これはどういうことなのか。いちばん関わりがあるべき国なのに、私は日本のことを何もわかっていなかったんじゃないか……。

若くして日本を離れた私は、白か黒かをはっきりしなければいけない合理性を優先する国々で生活し、その文化風土のなかで学術を学ぶ環境にいました。ですから、日本特有の曖昧な言い方に慣れておらず、それに接するとまるでアメーバに手を突っ込んでいるような、捉えどころのない感覚に陥るときがあります。若いうちから日本を長く離れてしまったがために理解するのに時間がかかったわけですが、ほかの国とは何かが違うと気づいた時点で、そうした特徴がどういう経緯で形成されたのかに今更ながら興味が湧いてきました。

これらの個人的な事情も、日本のことをきちんと分析し、考えたいという思いに拍車をかけたのです。

ジェット機に乗って世界を回っているときにはわからなかったことでも、乗り物から降りて徒歩のスピードでなら見えてくることがあります。それはそうですよね。車に乗って移動しているときは、路傍の石や草には気づけないものです。

また私自身も、頻繁に移動して余裕がなかったときは、「旅に出て、価値観をリセットすることが私の栄養だ」として、そちらを優先していました。日本の足場に様々な問題があっても、「今度帰ってきたときに考えればいい」と先送りしたり、不得手な分野に気を回すことを怠っていたのだと思います。

生活の実務周りの話を、日本の友人とゆっくり話せる時間ができたことも、諸事を軌道修正するきっかけになりました。これも日本に長くいるようになったからこそ可能となったことです。トラブルに対応している時点では、たちどまっているどころか、ややもすると後退してやり直しているような気分でしたが、実は自分が納得できる足場を整え、再び歩き出すための素地をつくることだったのではないかと思っています。

マクロで見ると動いてないようでいて、ミクロなレベルでは着実に歩み続けている。そういう時期を経験しているのかもしれません。

カブトムシに死生観を学ぶ

仕事がリモートワークになり、通勤などの移動がなくなって時間に余裕ができた。そんなライフスタイルの変化を経験した人も多かったと思います。私も移動がなくなったことで、この数年間でいつになく集中できたことがあります。

昆虫の飼育です。

私は子どもの頃から、昆虫が大好きでした。家に帰っても親がいるわけではないので、寂しさ紛れに昆虫にシンパシーを抱くようになったのですが、大人になってもそれは変わらず、仕事の取材などで自然に囲まれた場所に行くと、無意識のうちにそばの草むらや木々に昆虫を探してしまう癖があります。女性には昆虫が苦手という人が多いようですが、私は大きな芋虫や毛虫を素手で摑むことにもまったく抵抗はありません。

そんな私のもとで、このパンデミックの時期にカブトムシが大量に繁殖しました。私が昆虫好きだということを知った友人がペアを贈ってくれたのが事の発端です。

ペアだと思って飼育し始めてみると、土のなかからメスがもう1匹現れました。オス1匹にメス2匹で、オスは「シゲル」、メスには「ヨシコ」と「フミヨ」と名付け、毎日彼らの行動を観察していました。本来、自然のなかで生きているものを家で飼うのですから、こちらとしてもその生命に責任をもつのは当然のことです。毎日の餌の管理から、寝床となる土の入れ替えなど、随分といろいろな世話に精を出しました。

そうこうしているうちの、ある暑い夏の日のこと。土を替えようとしたら、中からたくさん小さな卵が現れました。数えてみたら、50個以上。そう、シゲルがヨシコとフミヨに産ませたのです。どちらが本妻でどちらが愛人なのか、その関係性はわかりませんが、シゲルは絶倫カブトムシだったのです。

せっかく生み落とされた卵を捨てるわけにはいきません。飼育容器を整えて土を入れ、引き続き世話をしながら様子を見ていたら、一つ残らず孵化《ふか》に成功。すべての卵が幼虫になりました。どうしたものかと思いつつも、餌用に腐葉土をせっせと補充していたら、日に日に大きく成長し、蛹《さなぎ》になって、ついには全員羽化を果たしました。

土の表面の何箇所もから、羽化したカブトムシのオスの角が植物の芽が生えるように突き出しているなと思って見ていたら、翌朝には土が穴だらけになっていた。容器の蓋を少し開けていたからですが、成虫になったカブトムシがその隙間から飛び立ってしまっていたのです。その後に羽化した成虫たちは手元に置くようにしたのですが、先発隊の皆さんはおそらく我が家の向かい側にある渓谷の森のほうへ飛んでいったようです。森にはカラスが多いので、その犠牲になってしまったものもいるかもしれません。近所の森林地帯から帰ってくる虫網とカブトムシの入った虫かごをもった子どもとすれ違う度、ああもしやあれはシゲルの子孫ではと思うこともありました。

こうした一連のカブトムシ飼育を通して、彼らからはいろいろと気づかされることがありました。

まず、昆虫の人生ならぬ〝虫生〟は短いスパンで生命のサイクルを完結させますから、その一生のすべてを手の内で見ることができます。シゲルたちの交尾、産卵に始まり、小さな幼虫になったかと思ったら、腐葉土を食べてどんどん大きくなり、蛹になり、成虫となってまたオスとメスとで繁殖を繰り返す。

カブトムシは、成虫になった途端に仲間と大喧嘩を始めます。餌を争い、メスを争って、土の上に出てくるなり「なんだ、コノヤロー」と大騒ぎになる。その様子を観察していると、次第に彼らには明らかな個体差があることが見えてきます。鈍感なもの、執念深くやり返すもの、要領の良さそうなもの……など、喧嘩のなかで生まれながらの性質が出るのです。やられたら絶対にその相手に仕返しをするのが彼らの習性のようでした。そんななかで、「おまえらがそんなことをしていると、餌が食べられないじゃないか」とばかりに、仲裁に入る個体も現れます。

彼らは何かを考えているわけではないので、こんなふうに行動の一つ一つに人間的解釈を重ねるのは間違っていますが、その生態は見ているだけで想像力を掻き立てるものがあり、人間の生き方や社会を顧みる良い機会にもなります。

またそれだけの数が生まれれば、なかには奇形の成虫も出てきます。羽が閉じないものや、角が曲がってしまったものなどです。奇形だからと言って私がその命を排除する筋合いはありませんが、昆虫たちは自分たちの弱い遺伝子を阻止し、優れた遺伝子だけを残そうとするものです。ハンディキャップのあるものとないものが平等、かつ対等に共存するのには、双方にそれなりのタフさが必要になってくるのも見ていて感じました。

知性があるわけではない昆虫の世界では、相手を慮《おもんぱか》る利他性などあるわけもない。本能による生命力の強さが問われる昆虫の間では命の淘汰が起こりますが、私はやはり不具合のある成虫たちが不憫《ふびん》になり、屈強な個体と戦わなくて済むように、分類して飼育することにしました。

成虫になったカブトムシはやがて交尾をし、卵を産んだあとは徐々に衰弱し、やがて死を迎えます。その様子は死期に差し掛かった人間とほぼ同じです。大体動きが緩慢になっていくのですが、死の直前になって皆必死でもがくような動作を見せます。そのあとに徐々に体をこわばらせ少しずつ動かなくなる。ただし、彼らにとっての死は飄々《ひょうひょう》としたもので、悲劇でもなければ不条理でもありません。

私たち人間は、生きていくつらさから意識を背けるために、生き延びていくモチベーションを上げるために、知恵を駆使して、デコレーションケーキのように自分たちの存在や人生に様々な意味を盛り込みます。しかし、知恵がなかったら、我々も生き物としては昆虫やその他の生物と同じなのです。生まれて、食べて、生きて、老いれば動けなくなって、死んでいく。かつて『チベット死者の書』を読んで、チベット密教の死生観に潔さのようなものを感じましたが、カブトムシの一生に対してもそれに近い感慨がありました。死という結末を悲劇や不条理と捉えない生き物の生き方から、あらためて人間としての驕《おご》りを自覚させられた気持ちでした。

日本ならではの「虫を愛づる」大人たち

現在飼育している甲虫類は、シゲルの遺伝子を継いでいる幼虫が3匹に、外国原産の成虫が2匹。

そのうちの一匹であるアフリカ原産の巨大なクワガタムシ、タランドゥスオオツヤクワガタに指を挟まれたことがありました。私の人差し指を敵と認識し、出せる限りの強い力で思い切りとがった顎の先で挟み続けたのです。

これ以上締められれば指を失うかもしれない、という危機感が芽生えました。かと言って自分の指を守るためにこのクワガタを殺すのか。いやその勇気は私にはない。と頭のなかで刹那に逡巡していたときに思い出したのが、水をかけるというものでした。クワガタムシは水をかけられると驚く習性があったはずだと気がついたのです。予想通り、水滴を垂らすとクワガタは急に顎に力を入れるのをやめました。単純なヤツです。

指を失うか、虫を殺すか。そんな特殊な選択に迫られるような経験も、昆虫を飼っていなければあり得ないでしょう。飼育を続けていると面倒なことも含め、何かといろいろありますが、この昆虫を飼う楽しみは、パンデミックで留まったのが日本だったからこそ実現できたことです。

昆虫を愛でる習慣のないイタリアでは、カブトムシもクワガタもゴキブリと同一視されてしまうことがあります。欧州では昆虫の生態が人間の興味を必要以上に引くことはありませんから、日本のように外で捕まえてきた虫をかごに入れて家庭で飼育するような習慣もありません。高畑勲さんが監督したアニメーション作品『かぐや姫の物語』のなかで、かぐや姫が地面に顔を近づけて虫たちと同じ位置からの視線で観察しているシーンがありますが、あいった昆虫へのシンパシーを理解できる人は欧州では研究者でもない限りなかなか出会えません。ほかのアジア圏でも昆虫を愛でる地域はありますが、日本人の昆虫との距離感は世界のどこの地域よりも近いのではないかと感じることがあります。

ちなみに、『ファーブル昆虫記』を記し、昆虫の行動研究の先駆者とされるジャン・アンリ・ファーブルも、地元では変人扱いを受けていましたから、欧州で昆虫への思い入れを一般の人に理解してもらうのは難しいことなのです。しかし日本にいると、昆虫好きの仲間とつながることができます。

自分のところで飼育している幼虫が羽化したと成虫を送ってくれる友人もいますし、東京を離れて遠くまで一緒に昆虫を採集しにいく仲間もいます。

「ヤマザキさんはなぜそんなに昆虫に熱心になれるのですか」という質問を時々受けますが、私が昆虫を好きなのは、彼らとは意思の疎通ができないからです。

世話をしていても、昆虫の気持ちはわかりませんし、犬や猫のように懐いて、自分の後ろをついてきてくれることもありません。なので昆虫はペットという扱いにはなりませんが、私にはそこがいいのです。

通じ合うことがない存在と共生しているという実感。地球という同じ大気圏内で生きている生き物同士だというだけの認識。日々それらを確かめられることが、私には自分に気づきをもたらし、思考の淀《よど》みをリセットしてくれる大切なことのような気がします。旅に出なくても、家のなかにいても、昆虫は自分の日々の価値観を変えてくれる存在ですね。

たしかに、もし家に帰ってきたときに「お帰り〜」だの、お腹が空いたときに「ご飯くれ」だのといった合図を昆虫が示してくれたら、それはそれでまた愛着が湧いてちょっと嬉しいなとは思いますけど、知性が意味を成さない相手との共生も、我々人間が地球の住民であることを自覚する上で大切なことなのかもしれません。

リスペクトし合う相棒、ベレン

北海道に住んでいた子どもの頃、オーケストラのヴィオラ奏者だった母は、各地での演奏のために留守がちでした。妹と二人で過ごすことが多かった私は、その寂しさを紛らわすためにに、近隣の野や山に出かけては虫を、川に入っては魚を獲ったりして遊び、当時からいろいろな生き物を自宅で飼育していました。家のなかにいるより、生物の気配が圧倒的に多い屋外のほうが安心できたのです。

東京での今の私の暮らし方は、小学校時代と同じようなものかもしれません。昆虫がいて、金魚がいて、猫がいて。実家で飼われていたゴールデンレトリバーは、2年前に19歳で天寿を全うしました。

そんなふうに生き物が常に近くにいる環境でしたが、なかでも私の生涯に絶えず存在してきたのは猫です。東京の実家でも、北海道の家でも、フィレンツェでの貧乏な学生時代でさえも、傍《そば》にはいつも猫がいました。

現在、東京で共に暮らしているメス猫のベレンは、ポルトガルに住んでいたときからの付き合いです。当時飼っていた猫が事故で急逝し、落ち込む私を励まそうとした夫が見つけてくれたベンガルヤマネコの血を引く仔猫が、ベレンでした。血統書上では「クレオパトラ」という高貴な名前が付けられていますが、クレオパトラのような人生ではかわいそうだと思い「ベレン」と改名したのです。

そのベレンも今や13歳という熟女。自分の生まれたポルトガルのリスボンからアメリカのシカゴへの引っ越し、そしてその数年後にはイタリアへと、私たち家族の地球規模の移動にも付き合わされてきました。3年前には、東京に拠点を移す必要が生じた私の都合で、イタリアの家から日本へ。これで太平洋をアメリカへと横断すれば、世界を一周したことになります。その昔にチベットで購入した、ベレンお気に入りのヤクの絨毯《じゅうたん》と共に、長旅を経て東京に移住したわけですが、この先は、できればもう彼女には移動を強いたくはないですね。保護者の都合に翻弄され、世界を股にかける波瀾万丈《はらんばんじょう》な移動を強いられてきたという点で、息子のデルスとベレンは相通じるものが大いにあると思います。

私史上最長を更新した東京での暮らしにおいて、ベレンが傍にいてくれるのは、とても心強いです。『テルマエ・ロマエ』のヒットをきっかけに、私は漫画家として多忙を極めるようになりましたが、イタリアの家族からは「仕事と家族とどっちが大切なんだ」などと選びようのないことを責めるように問いただされることが増え、シカゴにいたときなどは夫と息子もアメリカでの自分たちの環境についていくのに必死でしたから、家庭内の空気が険悪になっていた時期がありました。そんなときもベレンだけはいつも毅然として、同じペースで私に接し、無言で見守ってくれていました。今も彼女のその安定感に、支えられている気がしています。

ベレンの性格は臆病で慎重。人の気配があると隠れますし、心を許した人でないと絶対に姿を現しません。ちなみに夫はそんなベレンの態度を見ていて、「君にそっくりだ」と言います。私は傍《はた》からは社交的で誰とでも打ち解けられる外向きの性格だと思われていますが、実は過剰なほどの人見知りです。知らない人と接触するのが怖い。だから一人でお店に入って店員さんと言葉を交わすのにも勇気がいる。社交的な振る舞いはそんな気弱さを防備するための甲冑《かっちゅう》のようなものなのです。なので、夫にベレンとの共通点を言われたときは納得するしかありませんでした。

猫は昆虫とは違い、意思の疎通を感じられる存在ですが、私には愛玩の対象という感覚はありません。ベレンに限らず猫という生き物は、人間から餌をもらって生きているのに、必要なとき以外は飼い主にさえ媚《こ》びないし、従順に振る舞うこともない。猫たちの人間との距離感は独特で、余計なことなど気に留めず、ただ猫である自分の生き方を全うしている。その姿勢には学ばされることが大きいと思います。一緒に暮らしているなかで、時には猫を神秘的に思うことすらあります。古代エジプトでは猫がバステトという神として崇《あが》められていましたが、そういう扱いを受けるようになった顚末《てんまつ》も理解できなくはありません。

ベレンは私に生物としての毅然とした生き方をいつも示唆してくれます。川崎のぼる先生の『いなかっぺ大将』という漫画では、主人公に〝ニャンコ先生〟という頼りがいのありそうなオス猫が寄り添っていましたが、私にとってベレンはまさしく〝ニャンコ先生〟的な存在だと言えます。

人間は地球に優遇される特別な生き物ではない

昆虫や猫などと共に暮らし、生きることにまっしぐらな彼らの姿を見ていると、人間だけが「こうあるべきだ」という思い込みや「こうでなければ」という理想を掲げ、生きることを難しくしているのではないかと感じることがあります。

人間は知恵と共にメンタリティをもつ生き物だとされますが、そのメンタリティをもつことが、なぜ、これほどまで承認欲求や自己の主張を肥大化し、自分たちだけが特別な存在であるという意識を生んでしまうのか。前述したように、それも生き延びていくための工夫のひとつであり、人類という生物としての独特な自己防衛力の現れとも言えるのかもしれません。にしても、「メンタリティの横柄さ」とでも言ったらいいのか、精神を備えているからどんな生き物よりも優れていると考えるのは、あまりに傲慢であり、場合によっては危険性を伴う認識ではないかとも思うのです。ホモサピエンスが地球上最も支配力の強い生物だというのはわかりますが、だとすると我々が携える精神というのは、地球から与えられた生に対する試行錯誤的な条件なのかもしれません。

人間の脳は情緒を感じる機能をもち、そこから感動も発生し、それらが生きる上での心の活力や栄養素になっていることは否定しません。私も美しい景色に身を置いたり、素晴らしい音楽を聴いたり、映画に感動したりする度に、たとえ死というものが条件づけられているとしても生まれてきてよかったと思ったりしますし、そこから刺激を受け、エネルギーを充塡《じゅうてん》することを大切に考えています。しかし、だからと言って人間が、地球上でいちばん優れた生物だと考えることには常に違和感があります。

今回のパンデミックを通して、画期的なまでに認識させられたことは、「人間というのは、生物的にも、決して地球から優遇されている特別な生き物ではない」ということです。

例えば、ウイルスや細菌のパンデミックは、人間だけに起きるものではありません。ネズミやゴキブリにもパンデミックがあり、ネズミに関しては意味不明の大量死が発生して、その総数が激減するときがあるのだそうです。つまり、パンデミックは生物であれば起こり得るもので、今回は人間にそれがやって来たというわけです。

しかしそこで、生物のなかでもたまたま想像力や情緒を携えた人間は、「預かった尊い命がこんなことで死ぬなんて酷い」という意味づけを行います。そのように自分たちの命を優越視する生き物も、おそらく人間だけではないかと思うのです。逆にウイルスから見た場合、人間は単純に生ける有機体であり、〝特別〟であるとか、〝尊い〟といった意味づけはそこには一切ありません。まして今回の新型コロナウイルスは、人間を制裁するために天から遣わされたものでもなんでもない。メンタリティをもつ人間は、あらゆる現象に何かと心に響くドラマティックな脚色をしがちですが、生物として捉えたなら、ウイルスの目的は自分たちの生き残りという、その一点以外の何物でもないのではないでしょうか。

巷《ちまた》ではよく「疫病との戦い」「コロナに打ち勝つ」といった表現で、勝つ負けるの論理で語られがちですが、私は当初からそんな形容に違和感を覚えていました。生物全体を俯瞰《ふかん》して見れば、人間がウイルスに優先されるわけではないからです。「自分たちこそ特別だ。自分たちは相手より優れているし正当なので、相手はこちらの価値観を共有すべきだ」という主張が戦争の誘因となるわけですが、ウイルスに対して戦争を仕掛けて勝つことなどできないでしょう。人間もウイルス同様に生き残りを目的とするのであれば、「共生」の認識こそ、私たちに求められるのだと強く感じています。

私はワクチンの接種で3回とも発熱し、数日寝込むという経験をしました。人間の歴史はこうした疫病と共にあるものだということは、歴史の書物を通じて頭では理解していました。それを今回、まさに自分の体を張って体感することができた気がします。そして発熱するなかで、勝つ負けるの問題ではないことも実直に痛感しました。

勝ち負けの感情がやる気を生む場合もあることは認めます。スポーツというのはまさにそうした人間の精神を反映した文化でしょう。しかし、パンデミックには当てはまりません。勝敗や優劣といったスタンダードから自由になったほうがいい。そのためには、同じ地球に共生している人間とは異質の生き物、例えば昆虫などの生きる様を見るだけでも意義があるかと思います。

私のようにカブトムシを50匹羽化させなくても大丈夫ですから（笑）、自分たち人間も彼らと同じ大気圏のなかで発生した生物であり、自覚はなくても実は地球と連動する本能に従って生きているということを感じてみてください。

車の運転から見た東京という都市の性格

新しい環境の生活をそれなりに楽しんではいても、やはり「移動」をまったくしないことでの鬱屈感は、次第にストレスになっていました。そこでちょうど感染の第5波が落ち着いた頃、東京でも車を所有することにしました。溜まりに溜まったストレスを車を運転することでまず解消しようと考えたのです。東京を拠点にするなら自分の車は必要だと前々から思っていたのに加え、周囲の車好きな人に勢いをつけてもらったことで決断することができました。

自分でハンドルを握っていると、アイデアが湧くときがよくあります。乗り物を駆使して「動いている」という感覚が、スイッチを切り替えて、発想を生み出そうという気持ちをもたらすのだと思います。また、自分で運転することで、東京の土地への勘を体で理解したいという動機もありました。それまでは仕事のときはタクシーに乗ることが多かったのですが、車をもつようになってからは自分で運転する機会を積極的に増やしています。

これはどこの国にも言えることですが、車で巡っているとその都市の性格がよくわかってきます。東京は整然とつくられた街というよりも高度成長期の名残を感じさせる混沌とした印象で、戦後がむしゃらに経済が回ってきた都市だということを、首都高を運転していると強く感じます。加えて、外国産の車が多く走っているのも東京の特徴ですね。ベンツにBMWにアウディにポルシェ。家の近所にはフェラーリを所有しているお宅もありますし、渋谷付近の信号で緑色のランボルギーニと隣り合ったこともあります。イタリアに暮らしていても滅多に見かけないイタリアの高級車と、東京の道路では普通に出合える。陸続きのヨーロッパなら日常の光景ですが、東京で見かける車の多くが海外メーカーの車種ということにあらためて驚きました。やはり日本という国は何はともあれ経済が活発に動いている国なのだということを痛感させられます。

そんな私が選んだのはイタリアの車ではなく国産車です。「もう若くはないし、どうせ乗るなら、事故の際にちゃんと自分を守ってくれる車がいい」ということで、車好きの知人に相談し、何台か試乗した結果、見た目よりも乗り心地の良い車に決めました。

ちなみにパドヴァの家で夫と乗っているのは、20年もののアルファ ロメオです。イタリア人は「運転している感覚がするから」と今でもマニュアル車を好む人が少なくありません。オートマ車同様に乗っていてつまらないと新車も疎まれる傾向があります。夫に言わせると、「性格がついている車と〝再婚〟して、それを乗りこなすほうに運転の醍醐味を感じる」のだそうですが、彼と同じ嗜好で中古車を選ぶイタリア人はけっこういます。

運転のスタイルも、東京とヨーロッパは違います。東京は荒っぽくはないのですが、どこか気短さが感じられるというか、〝アーバン〟な横柄さや驕りを感じる。「この場合、普通はこっちを慮るでしょ」「普通だったらそこで車線変更しないよね」……といったことを言われながら運転している気がしてくるのは私が小心者だからかもしれませんが、東京の社会性が浮き出ているような運転と言いましょうか、車に乗っていても〝世間体〟が存在するというのは興味深いことです。

運転は地域によって本当に個性がありますよね。イタリアでは、都市にもよりますが日本よりも野蛮で野趣溢れる横柄な運転によく出合います。日本では札幌や福岡などで結構威圧的でワイルドな運転を見かけたりしますが、同じ九州でも県によって個性は豊かです。やはりそれぞれの地域性が反映されるのでしょう。孤島の運転も独特ですね。旅先ではレンタカーを借りていろいろな場所を動いてきましたので、そうした土地の性格を感じるのも面白いものです。

東京にはどこか、等身大以上の自分であろうという意識が車の社会にも表れているのかなと感じることがあります。外部から集まってきた人たちによって成り立っている都市ですから、「田舎者とバカにされないよう、かっこよく振る舞わなければ」という気負いのような、背伸びした感覚が、バブル時代が終わってからも続いているのかもしれません。東京の街を車で日常的に移動しているのは東京のなかでも限定的な層である可能性はありますが、車の運転を始めたことで、また路上という違う角度から、この街を知ることもできるような気がしています。

想定外の東京暮らし

「ヤマザキさん、肌艶がすごくいいですね」

日本での生活のリズムが落ち着いた頃、これまでになく肌を褒められるようになりました。私はファンデーションを塗ると毛穴を塞がれて息苦しくなる感覚がして苦手なので（これはマニキュアも同じ）、普段はほぼ素肌の状態で過ごしています。乾燥したイタリアとは違う、湿気の多い日本の気候や、日本の美味しいものばかりを食べている毎日が、肌質の改善につながったのでしょうか。自分ではあまり気づきませんが、もし本当に肌の質が変わったのだとしたら、これも日本に長逗留している副産物かもしれません。

ほかに自覚しているところでは、日本とイタリアの大移動を頻繁にしなくなったことで、体が随分楽になったことです。さすがに、2週間イタリアに住み、日本に戻ってまた1カ月後にイタリアへといった生活を続けていたときは、体の調整がうまくできなくなって、仕事が捗《はかど》らなくなることがありました。

また、イタリアにいるときは完全に頭を切り替えて、イタリアの家族に合わせた生活モードにしなければなりません。例えば、毎週日曜には必ず夫の実家を訪れ、大人数分の料理をつくり、親戚でわいわいと食べる。そんな生活からも、この2年半余りは遠ざかったままです。イタリアの家族中心主義な暮らしも、それはそれで楽しいのですが、私が差し迫る締め切りの心配を少しでも表情に出そうものなら、「あんたはやはりワーカホリックだ。医者に診《み》てもらったほうがいい」と言われてしまうので、控える部分がどうしても出てくるというものです。

それが日本では、世話をしている昆虫や猫たちはいるとしても、基本は一人暮らしですから、生活様式を切り替える必要はありません。いつ何時に漫画を描こうが、原稿を引っ張り出してこようが、誰かがうるさく口出ししてくることもない。家族に遠慮することなく、自分のペースで仕事ができるのは、やはり楽だしストレスも溜まりません。

東京にいると、美容院や歯医者にいつでも行けるという気安さもあります。ちなみに、私はイタリアの美容院には絶対に行かないと決めています。海外暮らしの経験のある人ならご想像がつくと思いますが、大概は東洋人というだけで勝手な先入観によっておかっぱ頭にされたり、もしくは私の雰囲気に合うと激しくワイルドなパーマをかけられ、モップを装着したような取り返しのつかない髪になったこともありました。イタリアの美容師は客の意思よりも、髪型をつくる彼らのセンスこそが優先されるのです。「あんたがそうしたいと言っても、絶対似合わないと思う。悪いことは言わないからあたしの言う通りになさい」と圧力をかけられて、結果的にとんでもない頭になる。そのような目に何度も遭いましたので、こちらの希望通りに何とか切ってもらおうなんてことはもう諦めました。いっそイタリアでは髪を伸び放題にしておいて、日本に戻ったときに切ったほうがいいという結論に至ったわけです。歯医者も似たような理由で、できるだけ日本で行くことにしています。

こうした東京の生活で肌艶が良くなったのかは定かではありませんが、私の習性として、どこに行ってもその土地に適応しようとするところがあります。語学と同じで、ハッタリでも現地の空気に馴染んでみると、その場所の文化がよく見えてくるからです。ブラジルへ行ったら朝まで飲み明かす現地の友人たちと同じ行動範囲で動き、イタリアでは家族優先のイタリア家族と軋轢が発生しないように気を配って暮らす。大変ではありますが、そのほうがストレスにはならないというのが実はあるのです。

そういった意味で今の私は、東京という場所に馴染もうとしているのだと思います。生まれ故郷で子どもの頃から慣れ親しんでいる土地ではあっても、まさかここでこんなに長く暮らすことになるとは思ってもいませんでしたが、イタリアもシリアもポルトガルもアメリカもまったく自分の意思と関係なく暮らした国だと思うと、東京もそのうちの一つなのかもしれないと感じています。

例えば洋服にしても、イタリアも着るもののＴＰＯに応じた使い分けから、その人の人格やセンスが問われる国ですが、東京はイタリア以上に「今日はあの人に会うからあれを着ていかないと」「この間あの番組に出たときはこれを着てたから別のにしないと」などと着ていく洋服について考えることの多い都市ですね。

ただ私には、東京もアマゾンも同じなのです。熱帯雨林をかき分けてヤノマミ族のもとに行ったなら、そこに馴染めるようなアッパッパを着て通すでしょう。ハワイなら毎日同じＴシャツに短パンというイージーな服で過ごします。人間のおしゃれはメスの気を引くための南国の鳥のようなもので、生態の現象としてはとても面白いものだと思いますが、自分の演出を意識し過ぎるのは苦手かもしれません。

都内で車を運転して東京の住人として生きている。こんな自分を想定したことは今までに一度もなかったですが、仕事についても、友人との付き合いについても、そして猫をここへ連れてきてしまったことも含めて、東京に自分を留めおく理由が少しずつ増えてもきました。東京で暮らすというイメージすらもったことがなかったことを思うと、どこででも生きていくことのできるスキルが思っていた以上に自分にはあるのだなと、あらためて興味深く感じています。

第2章

コロナ禍の移動、コロナ禍の家族

八丈島で昆虫を探す

パンデミックは世界規模の現象です。ですから、感染状況の変動にかかわらず、海外に出かけることにはできるだけ慎重に構えたほうがいいと私は考えています。

夫が暮らすパドヴァへは日本からの直行便はありませんので、大抵は欧州内のハブ空港経由で乗り継ぎ便に搭乗することになります。日本から出発する際、私は漫画の締め切りに追われて寝不足気味だったりと、体力が万全でないことが多々あります。そんな状態で狭くて乾燥している飛行機の機内に何時間も閉じ込められていれば風邪も引きやすくなりますし、ましてやあらゆる地域から人流が集まる大きな空港を利用するとなればなおさらです。イタリアには高齢の家族もいますので、リスクを踏まえれば焦りは禁物です。

その一方で、日本国内では少しずつ遠出をすることで、自分の内なる〝食糧貯蔵庫〟を満たすことは徐々に再開していました。

例えば、「移動」を激しく欲して自分の車を購入したと先の章で述べましたが、納車されて初めて出かけたのは東京湾に浮かぶ海ほたるです。３６０度を海に囲まれた、あの展望デッキから、東京を眺めてみたいという衝動に駆られたのでした。海の下を走る東京湾アクアラインから地上に出た瞬間、「東京を離れた！」という心地良い達成感のようなものを感じました。広い空のもとで潮風を感じると、やはり解放感があります。

パンデミックが始まり、海外でのテレビ番組収録や取材といった仕事はなくなりましたが、国内の移動を伴う取材は２０２１年の夏から少しずつ始まりました。その出張先の一つが、〝東京の南国〟、八丈島です。

初めて訪れる場所というのはわくわくするものですが、最初に八丈島に行ったときに驚いたのは、島の空気感がまるでハワイを彷彿とさせるものだったことです。海岸は火山から噴き出た黒い溶岩のかたまりで埋め尽くされていて、その様子はキラウエア火山を擁するハワイ島を思い起こさせるものがありました。植生もハイビスカスのような南国の植物が生い茂っています。多様な生き物の生息の気配に心躍らされ、何気なく海を見れば、ウミガメが平然と泳いでいたり、巨大なエイの魚影も見えました。まさに自然の宝庫です。

それだけ南国然とした風景でありながら、住所は東京都で、走っている車は品川ナンバーというのもユニークです。スーパーマーケットはあるものの、コンビニエンスストアはない。住民たちはサンダルにTシャツという簡素な服装が多く、やはりハワイのような南の島特有の緩さのなかで生きている印象を受けました。コロナに対する警戒感はあったものの、島に流れる穏やかな雰囲気のなか、それまで無意識に張り詰めていた気持ちが解け、ホッとしていくのを感じました。

島では、八丈太鼓の名手という男性を取材しました。ところがその人がなんと、「八丈島の虫捕り名人」であることがわかったのです。そこで、すべての取材終了後の夜、取材スタッフは皆疲れ果ててホテルに入ったのですが、私は名人と一緒に島中を車で巡ることにしました。ハチジョウノコギリクワガタという希少種を探すためです。そこへさらに、養老（孟司）先生を介して知り合いになった昆虫マニアから連絡が入りました。八丈島に私がいることを知って、「トゲウスバカミキリが八丈島にいます。探してください！」と。「わかりました」と、その希少なトゲウスバカミキリの探索も始めました。

自然のなかに分け入っての昆虫探しには、仕事とはまた違う充足感があるのです。

実は八丈島には、その後も2回ほど訪れています。八丈太鼓と昆虫探しの名手は釣りの名人でもあることから、自分の釣竿をもって薫陶を受けに行ったのです。常々、「何かあったときのために、第一次産業的なスキルを上げておいたほうがいいんじゃないか」と息子と話し合っていたこともあり、彼にも釣りを覚えてもらおうと考えたわけです。

八丈島は、羽田空港から飛行機で1時間足らず。船で行っても、東京の竹芝桟橋を夜に出発したら翌朝に到着しているというアクセスの良さです。こんな近場で、これだけの大自然があり、異文化を感じる〝外国感〟が味わえるとは思ってもみませんでした。

沖縄、慰霊の旅へ

15年ほど前から、私はほぼ毎年8月になると沖縄に行くのが習慣になっています。観光ではなく、沖縄本島北部の本部町《もとぶちょう》にある、八重岳の慰霊碑と野戦病院跡地を訪れるのが目的です。人がほぼいない場所でもあり、コロナ禍でもここだけはと行くことにしました。

最初に沖縄に行きたいと言い出したのはデルスでした。リスボンに住んでいたとき、北海道への帰省を控えていた日に「沖縄って、北海道から遠い？」と、自分の財布とお小遣いを貯めていた貯金箱を抱えて聞いてきたのです。

「美ら海《ちゅうみ》水族館で飼育されている、人工の尾ビレを装着した『フジ』に会いたい」というのが彼の要望でした。

フジというのは、病で尾ビレのほとんどを失い、泳ぐ気力をも失ったイルカで、人間たちと協働を重ね、人工尾ビレを着けてジャンプができるまでになったのだと。そのドキュメンタリーを見て、興味をもったようでした。夫のベッピーノも琉球文化に興味があるということで、夏休みの家族旅行の行き先に決まりました。

「何か、綺麗な紙が貼ってあるよ」

沖縄に家族で行くようになって何回目かの年、古民家を借りて滞在することにしました。そこでベッピが見つけたのが、〝綺麗な紙〟の呪符だったのです。入口のシーサーの下、台所や寝室と、あちらこちらにまったく判読できない難しい漢字が何行も並べられた呪符が貼ってある。狭い古民家のなかになぜこれだけの呪符が貼ってあるのかと、なんとも穏やかではない気持ちになりました。

呪符を見つけた夫ですが、彼は超常現象的なことを一切信じない国の人なので、デルスと共に夜もすやすやと寝ていました。私も普段は霊だのおばけだのにまったく関心はありません。しかし、漫画の打ち合わせをするのに、携帯の電波が唯一通じるのが、よりによってその家の仏壇のそばのみだったのです。布団に入っても何やら妙な胸のざわめきがあり、目も冴えてしまって眠れず、睡眠不足の日々が続きました。

それでも日中は、家族で見つけた今帰仁《なきじん》の秘密のビーチで毎夕泳ぐのを日課にしたり、家庭で栽培しているグアバやゴーヤをもってきてくれたご近所の人たちと会話をしたりしながら、沖縄ライフを過ごしていました。そんなある日、周辺をドライブしようと八重岳に出かけたのです。

八重岳は沖縄本島で2番目に高い山で、全国に先駆けて1月から2月に咲く桜の名所として人気を集めています。にもかかわらず、ご近所の人からは「あそこの山には行かなくていい」「桜の季節はいいけど、真夏は行ってもしょうがない」などと言われるので、こちらとしては余計気になっていました。

ダメだと言われれば言われるほどしたくなるのは、人間の性《さが》というものです。ある晴れた午後に早速車で行ってみたのですが、頂上に向かっていく途中の路傍に突然石碑に彫られた観音様が現れて驚きました。車から降りて近寄って見ると「三中学徒之碑」とも記されている。近くの説明などを読むと、１９４５年の4月16日に鉄血勤皇隊、通信隊に配属されていた地元の第三中学校の生徒90人ほどが、米軍との戦闘で命を失った場所だとわかりました。

犠牲者の年齢は主に10代前半。当時のデルスと同じくらいの子どもたちでした。まさかそんな悲惨な出来事があったなどとはつゆ知らずに訪れた私たちは、3人で手を合わせてその場を離れました。

さらに車を走らせると、今度は「野戦病院跡」という道標があるではないですか。一般的な日本人の感覚なら「もう行くのはやめよう」となると思うのですが、イタリア人の夫は「これも何かの思し召しだ。行ってみるしかないよ」と手前のスペースに車を止めてどんどん奥へと歩いていく。私たちもあとに続きましたが、尋常ならざる空気を感じるような場で、きっとここでも様々な悲しみや苦しみがあったのだろうと、また3人で祈りを捧げることになりました。

結局その後も、ぐるぐると迷路のような道を車で巡っているうちに、「清末《きよすえ》隊玉砕の跡」という路標が目に留まりました。そこも壕に石が詰まっているような場所で、しかもちょうど日没直後であたりは薄暗く、もちろん周辺の砂利道を照らす明かりなどありません。さすがの夫も怖くなったのか、「早く帰ろうか」と焦り出しました。麓に下りたときには、車のなかで私たちは押し黙っていました。

あとでわかったのは、八重岳は沖縄戦の際に伊江島に来た米軍の空爆や上陸戦の猛攻を最初に浴びた場所でした。そこから戦禍は南下し、本島南部に到達した。ものの10日ほどで勤皇隊のような部隊の多くが玉砕したほど、戦況は悲惨だったそうです。

本島北部の本部町は、今では美ら海水族館がよく注目されますが、戦時下の悲惨な歴史があることは南部の惨事ほど知られていないのではないでしょうか。激戦の地とされる南部同様、北部のこの界隈も戦争の惨禍を経験しているのです。

それ以来、デルスの夏休みに、縁もゆかりもなかったはずの沖縄に親子で行くのが恒例となりました。日本に帰る度に、多くの子どもたちが玉砕した場所に、お水を撒《ま》き、お祈りをし、お供えをしなければという気持ちが芽生えてきてしまうのです。家の呪符とはまったく関係のないことかもしれませんが、あの時そこに古民家を借りることがなかったら、八重岳の悲しい過去を知ることもなかったでしょう。そういう経緯から、パンデミックが始まった年の夏にも顰蹙《ひんしゅく》を買う覚悟で本部町を訪ね、デルスがネパールでそのために買っていた小さな仏像を八重岳の土に埋めてきました。

水を撒いてお供えやお祈りを捧げる、というこの行為は、イタリア人の夫とは共有できないことの一つです。私はクリスチャンの教育を受けたので夫に合わせることはできますが、彼のほうは精神を宗教的な倫理で拘束されていない日本人を理解できないところがある。カトリックの洗礼を受けた私がなぜ神社にお参りしたり、仏教的な作法を知っているのかよくわからないらしい。その点、デルスは私と同じ精神性をもっています。

こうした霊的なものへの感応性は、土地の気候風土が関係していると思います。世界最古の幽霊はロンドンのピカデリー広場を行進する2000年前のローマ兵という話を聞いたことがありますが、日本もハワイもイギリスも、霊の存在が信じられている場所はすべて湿潤な気候です。片やイタリアの地中海性気候はからっと乾燥しているのが特徴。例えばパドヴァで暮らしている家は築500年で、私の部屋は代々寝室でしたから、そこでどれだけの人が亡くなり、どれだけの棺が運ばれたかはわからないほどですが、私はその部屋で霊的な気配を感じたりすることはありません。ところが沖縄の古民家では、入った瞬間に何か独特な感覚があった。沖縄も湿潤な気候ですよね。

ちなみに、その古民家に滞在していたときに『テルマエ・ロマエ』1巻に収録されている何話分かを描いたのですが、その内容が戦争でボロボロになったローマの兵士たちがオンドル（床暖房）によって癒やされて復帰するというものだったのです。その環境からインスピレーションを受けたからではなくまったくの偶然でしたが、あのときにあの場所で戦争の話を描いたということも、巡り合わせのようなものを感じているのです。

来日した夫の水際対策

昨年（2021年）、東京でオリンピックが開催された夏、時を同じくしてイタリアから夫が来日しました。

「よりにもよってオリンピックの最中に来るのは、どうかやめてほしい。風評被害などを考慮すると、人前で会うこともできないし。私も忙しいから」

そう言って反対したのですが、彼はまずもって「風評被害」というものを理解できません。前提となる説明から始めなければならないのは、国際結婚をした者にとっての常でもあります。

「あなたはワクチンを2回接種したから動いていいと思っていても、日本では風評被害がひどい。発症していなくても、コロナウイルスの陽性になったというだけで自殺した人がいるような国なんですよ。ましてや今、このオリンピックが強行されることに多くの人が反発を感じている。来日する外国人への偏見も発生していて、外国からウイルスをもち込んで、ばら撒くんじゃないかと思っているような人すらいるんです。そんなところに、あなたがうちのマンションに出入りして、『ヤマザキさん、こんな時期なのに旦那さんがオリンピックを見に来たんだ』なんてことを思われたら、私にとって大いによろしくありません。日本に来るんなら、今じゃない時期にしたらいいじゃないの」

それでもなお私の懸念に納得できない夫は、私がマンションのほかの住人にしっかり事情を説明すればいいなどと反論し、教員である自分はこの時期しか夏休みがとれないのだからと譲りません。

「僕たちは家族なんだから、周辺の人が何を思うかなんて関係ない。僕はとにかく家族への誠心誠意を見せるために、日本へ行くよ」

そう言って、ベッピは有無を言わさず日本にやって来たのです。入国後の7日間をホテルで隔離されたのち、夫には私の家の近くのマンスリーマンションに滞在してもらうようにしました。

オリンピック開催時、「選手や関係者から感染拡大はしていません」といった見解が出ていましたが、私は「怪しいものだ」と訝《いぶか》しんでいました。なぜなら、隔離期間中こそ保健所から日に3回の電話がかかってきて、同じ場所に留まっているかなどの行動確認がなされていましたが、夫から聞いた限りでは、当時の日本の空港における水際対策はあってないようなものだと思うほど緩いものだったからです。とは言え我が家では、隔離期間が終わるまでは一切会わず、物の受け渡しも遠隔操作で行うといった具合に、できる限り徹底して過ごしていました。

コロナ禍の移動はなかなか万全な対策をとれないものなのだなと思ったのは、帰国時も同じです。約4週間の滞在日程を終えた夫は、オリンピック閉会式の翌日にイタリアに帰っていきました。よりにもよって、イタリア選手団のアスリートたちでぎゅうぎゅう詰めになった飛行機に乗って。

その帰国便では、近代五種女子の競技で審判を務めたという女性が、ベッピの隣の席に居合わせました。五種のうちの馬術の試合で、それまで1位だったドイツ人の選手が、騎乗した馬にジャンプを何度も拒否されて、終《しま》いには動かなくなるというハプニングがありましたが、そのときの審判が彼女だったとか。ドイツの女子チームの監督が馬を殴って動かそうとして失格になり、それ以降の大会への出場を禁止された顛末を、それはそれは熱を込めて語ってくれたようです。マスクから飛び出すほどの飛沫も気にせず、二人が至近距離で猛烈な勢いでしゃべり合ったことは容易に想像できます。どちらかが陽性なら確実に感染していたでしょう。

しかもその話し声を耳にした周辺のイタリア人たちも彼らのシートを取り囲むように集まってきたそうですから、そこで感染者のウイルスが媒介されれば機内クラスターだってあり得たはずです。しかし、そんなことを気にしているふうな人は誰もいなかったそうですし、私にそれを語る旦那も意気揚々と楽し気で、何の後ろめたさもない様子でした。

人間というのは所詮そんなものなのだなとつくづく思いました。あれだけ用心していても、完璧にスマートに物事を成就できるほどの自己統制力をもった生き物ではないのです。人間の不完全さを認識できさえすれば、欠陥や失敗すらも余裕をもって見られるようになり、逆に腹も立たなくなってきます。人間は本来ならこうでなければいけない、ああでなければいけないと、理想を盛り込み過ぎるのはストレスを溜め込む要因になると思います。

「大丈夫だ。古代から何度もパンデミックは起きてきたが、俺たちはそこから選ばれて生き抜いてきた遺伝子をもっている。だから今回もきっと大丈夫だ」

パンデミックが始まったばかりの頃、動揺する私に言った舅《しゅうと》のあまりに楽観的な言葉を、度々思い出します。生き残れる者が生き残ればいい。古代ローマからの疫病の歴史を身近に見てきたイタリア人たちが、コロナ禍にあっても前向きに笑い合える所以《ゆえん》を見た気がしています。

ベッピと広島平和記念資料館

夫が日本に来たのは、彼がイタリアで上梓した本の日本語版が出版されることになったのも一つの理由でした。翻訳を担当してくださる中嶋浩郎さんは私がフィレンツェで貧乏学生をしていた頃からの知り合いで、かつてはフィレンツェ大学で日本語の教師をしながら、翻訳や文筆をなさっていた方です。ご縁があって翻訳を引き受けてくださったことへのお礼と挨拶がてら、家族全員で広島まで出向くことになりました。

その本は、安土桃山時代から江戸初期にかけて日本を訪れていた、ナポリ出身のイエズス会の宣教師、アレッサンドロ・ヴァリニャーノとその時代のヴェネツィアの商人について書かれたものです。ヴァリニャーノはヨーロッパに天正少年使節団を送ることを創案して実現したことをはじめ、なかなか逸話の多い興味深い人物なのです。現存する多くの文献をもとに、架空の商人という設定の登場人物を投入し、フィクション仕立てに夫がまとめた物語は、600ページはあろうかという分厚い長編になりました。

中嶋さんへのご挨拶が終わったあと、広島の街で時間が余ったため、二人で広島平和記念資料館を訪れました。夫が「原爆の資料館を見に行きたい」と言ったからです。数年前にリニューアルオープンしたことが話題になっていましたが、私自身も訪れるのは初めてでした。

第二次世界大戦末期に原爆によって命を落とした夥《おびただ》しい数の市井の人々の遺品や、当時の写真、被爆の惨状が描かれた絵、そして、様々な証言などが展示されていました。それらを通し、核兵器の恐ろしさや非人道性を後世に伝え、平和を願うという場所です。これまでも「あそこに行ったらね……」と神妙な面持ちで、心を揺さぶられたという感想をたくさんの人から聞いてもいました。

ところが、展示を最後まで見終わるまで、私はまったく動じることがなかったのです。沖縄の玉砕の地もそうですが、戦争の現実というものに対して、これまであらゆる文献や映画などから惨状の想像を試み、自分の漫画作品などでも描いてきたからかもしれません。そしてコロナ禍でたちどまっていた間に、さらに人間に対する懐疑性を強くしたせいもあると思います。

もちろん、原爆投下という本当に酷《むご》いことが現実に起きてしまったこと、被爆された人々の苦しみを思い、心を痛めました。しかし、陳列された資料をただ見ることで、二度と繰り返さないよう、本当に阻止できるものなのか。広島と同時に、ほかの地域の被害にも目を向けなければならない。根本にある戦争責任というものを、どう捉えればいいのか。

私にとっては被害に涙するだけでなく、人間が考え続けるべきことがほかにもあると、認識を新たにさせられるような場所でした。

しかしながら夫のベッピーノは、館内の半分ほど見たところで耐えられなくなって、外に出て行ってしまいました。そして、屋外のベンチに座って、じっとうつむいている。大丈夫かと問いかけてみると、「原爆って強烈だな」と苦しそうに言葉を絞り出していました。

ヨーロッパでもアウシュビッツのように第二次世界大戦の非情な在り様を残している場所はありますが、原爆による被害は彼が想像していた以上のインパクトがあったようです。

呉で日本人の勤勉さに出合う

広島に先立って、兼ねてから夫が行きたがっていた呉の「大和ミュージアム」にも立ち寄りました。すでに何度か一人で呉を訪れている息子の話を再三聞かされていたこともあり、どうしてもこの場所を訪れたかったようです。

ベッピとデルスには、武器オタクという共通項があります。特にデルスは戦艦に関して非常に詳しい知識をもっていて、彼が行くならありとあらゆる説明を受けられるだろうからと、私も一緒について行くことにしました。

　明治維新後、西欧の列強諸国の優れた近代技術に衝撃を受けた日本は、追いつかなければという危機感と焦燥感を煽《あお》られて様々な軍事技術を積極的に取り入れたわけですが、造船などの海事の技術もその一つでした。その際、呉を含む国内4箇所に拠点を設け、１９０３年には、国産の船をつくる「呉海軍工廠《こうしょう》」が設立されています。和暦では明治36年のことです。

　ミュージアムでは、呉の造船業の要としての歴史や、技術の粋を集めて１９４１年に竣工した戦艦「大和」の素晴らしい巨大模型が展示されており、現代に行われた撃沈地点の海中探索に至るまでの丁寧な解説と共に、この軍艦が辿った生涯が紹介されていました。大和以外の様々な軍艦の模型も展示されていて、それを見ているだけで当時の激戦の在り様が脳裏に生々しく映し出されるようでした。

　驚いたのは、戦艦の設計図がすべて日本語で書かれていたことです。西洋の発達した技術を取り入れてから数十年の間で、日本独自の技術を駆使した極めて精巧で精密な、ここまで質の高いものを完成させるに至っていたのかと思うと、日本の人々の勤勉さというものを痛感させられました。

そこで思い出したのが、太平洋戦争開戦後の1943年にアメリカ政府がつくった『Our Enemy ― the Japanese（我々の敵、日本人）』という反日感情を煽るプロパガンダ映画です。そのなかで彼らにとって脅威とされていたのが、日本人の尋常ではない勤勉さでした。「我々が何十年もかけてやってきたことを、日本人たちはたった数カ月でやってのけてしまう」ことへの脅威が、映像で語られています。

アメリカへは、ハワイを含め1880年代から1920年代にかけて、多くの日本人が移民として渡っていました。同時期にイタリアや中国などからもアメリカにはたくさんの移民が入りましたが、なかでも日本人はほかの移民とは違うと特別視されていたそうです。ずば抜けた勤勉さに加え、多くを語らない、つまり言語化しないことを美徳としていた日本人は修辞性をもたないがゆえに、何を考えているかわからないと受け止められ、それが理由ともなってより強く敵視されていたのです。そこには倫理観の違いもありました。

「この人たちに、我々の文化、価値観をわかってもらう必要があります」

そのプロパガンダ映画ではそのようなことを訴えていました。そういった主張も自国中心的、ヨーロッパ中心主義的なものですが、統一した価値観を強制し、それを相手が受容できないとなったとき、そこで起きるのが戦争というものです。今回のロシアとウクライナの戦争にしても、お互いの価値観や認識を譲らない結果という意味では、あらゆる戦争とまったく同じです。異なる価値観をお互い尊重すればいいだけのようにも思うのですが、そうはいかないのが人間の業というものかもしれません。

この大和の展示を通して私がもう一つ感じたのは、「一生懸命勤勉に取り組めば、結果を生むかもしれない。たとえ結果を生めなかったとしても、尽くしてやったという価値が残ることに意義がある」という、ほかの文化圏ではおよそ通じないであろう日本ならではの美徳でした。

自分たちのもてる技術力、精神力のすべてを投じることが美しいという価値観の真意は、おそらく、何事にも神が宿るという「八百万《やおよろず》の神」を信じる日本人の精神性からくるものではないでしょうか。古代ギリシャ、古代ローマの文化、歴史を学んできたために、私にはこうした日本の側面がより一層具体的に感じられるのかもしれません。

古代ローマ人たちにとって、生きている時間はそれほど重要ではなく、それよりむしろ死んだのちにどれだけ大きな功績を残したか、どれだけの人々の記憶に残っていくかということに重きが置かれていました。社会なり、一つの組織なりに貢献し、死後も敬われるかどうかが彼らには大事なことだったのです。象徴的な例として、古代ローマ人にとっていちばんの屈辱が反逆者に対して与えられる制裁「ダムナティオ・メモリアエ（記憶抹殺の刑）」だったことが挙げられます。その人物が存在したことを完全に消しさるべく、すべての彫像を壊すのはもとより歴史書における記述すら削除するという徹底したもので、歴代2名の皇帝がこの制裁を受けています。

古代ローマ人の強固な信念と比較すると、日本における考え方はより柔軟に思えます。日本では、肉体を伴って生きているのは束の間であり、永続する魂は別のところにあると考えられている。そうした思想が根底にあるからこそ、戦時中の神風特攻隊のような命を犠牲にする戦い方が生まれたのかもしれません。大和ミュージアムには、海軍の水中特攻兵器「回天」の実物大のものも、資料として展示されていました。

家族に付き合う形で行った呉でしたが、デルスが現地で熱心に語ってくれた戦艦の物語も相まって、私も興味を刺激されました。沖縄の特攻作戦で海に沈んだ大和、そして、第二次世界大戦を生き残ったものの、終戦後にビキニ環礁で散った「長門」など、個々の戦艦の背景もかなり劇的です。長門は竣工時世界最高の大きさと速さを誇り、終戦時には唯一航行可能な戦艦でしたが、アメリカ軍に接収された上、2度の核実験の標的となって沈没したそうです。終戦後の日本とアメリカとの関係を象徴するような長門が辿った生涯には感慨深いものがありました。

来館者が何となく日本を好きになるようなミュージアムの演出を含め、戦艦の運命にも物語性を認め、それに気持ちを揺さぶられるという感性も、目に見えないものにも意識を注ぐ日本的なものだと言えるかもしれません。

「シングル3つ」の我が家の距離感

夫の来日によって実現された家族旅行ですが、最終的には呉と広島、そして尾道から瀬戸内しまなみ街道を通って、愛媛県の今治まで足を延ばすことになりました。全部で4日間の旅程です。しまなみ街道を加えたのも、夫のリクエストによるものです。

宿泊は、3人それぞれ個別の部屋にしました。時間の使い方にそれぞれのペースがあるからです。まず、私は漫画やエッセイの仕事を常に持参しています。閃《ひらめ》いたときにすぐに描きたいので、同室に人がいては気を使って作業ができません。デルスはデルスで、深夜3時、4時と海外にいる友人たちとビデオ通話をしていたりしますし、ベッピは逆に規則正しく9

時までには電気を消し、就寝しています。夫婦なら旅行の間だけでも同部屋に、しかも久しぶりに会ったんだからと思われるかもしれませんが、入院患者並みの彼の就寝習慣に合わせるのはとても無理なので、結婚数年後から私たちはそれぞれの部屋でそれぞれの時間を過ごすようにしています。

「一緒にいるときでも、お互いの生き方にいちいち干渉したり、自分たちの価値観を押しつけたりしない」

私たち家族には、そうした暗黙のルールが確立しています。ただ、寝るのは別々でも、ご飯を食べたり、ミュージアムに行ったり、そういった時間を一緒に共有することのほうは大事にしています。しかしながら振り返ってみても、3人が常に一緒にいた時期というのは、一般的な家族の基準からするとかなり短いものだと思います。

結婚した当初、1年半ほどはベッピのいるシリアのダマスカスと日本を、私一人が行ったり来たりする生活でしたが、デルスが小学4年生になるときには一緒にシリアへ移り、その後イタリアを経由して夫の次なる研究の対象国であるポルトガルのリスボンに移り住みました。実質的にいちばん長く家族が一緒にいたのが、このリスボン時代です。とは言っても、パドヴァ大学からリスボン大学に出向していた夫は、3カ月に1度はイタリアへ戻っていましたし、私と息子も日本に帰省することがありましたので、常に〝いたり、いなかったり〟という状態でした。

そんな変則的な時間を過ごしてきたこともあり、我が家には「家族と言えばこうでなければ」という絶対的なフォーマットが存在しません。一緒に暮らしていたときですら、いつも一緒にいることで結束感を強める、といった考え方をもっていなかったと思います。例えば夫婦の普段の食事でも、一緒のテーブルに着くとしても、それぞれ自分で好きなものを調理して食べる。私は貧乏学生時代に毎日パスタを食べ続けていたので、正直それほどパスタが好きではありません。しかし夫の大好物はトマトパスタ。私は彼の隣で素麺を茹《ゆ》でたりしています。

家族だからと言って、何事も一律にする必然性はまったく感じません。そもそも私たちはそれぞれが14歳違いの共同体的組織としての家族であり、最初からお互いの異なる習慣やプライバシーを自らの価値観の都合で干渉しない、というのも暗黙の了解となっています。それでも家族としてまとまる必要があれば、そうすればいい。もともと忙しいシングルマザーを母にもち、幼いときから孤独と対峙する時間が長かった私は、一人でいるときがいちばん心地がいいのです。

ベッピとデルスも、つかず離れずの関係ではありますが、臨機応変にコミュニケーションをとってはいるようです。私がいなくても二人だけで行動を取ることもあり、広島から帰ったあとには二人で長野県の霧ヶ峰にも行っていました。しかし、デルスは帰ってくるなり「疲れるからしばらくベッピーノと二人で旅には行かない」と断言していました。ベッピがしゃべりっぱなしで、考え事をしたくても、そのゆとりをもつことを許してもらえなかったらしい（笑）。

こうした家族の距離感は、自然にできあがったものでした。私たち3人は、取り組んでいることもバラバラです。夫は比較文学の研究者としてヨーロッパやアメリカに紐づいた仕事をしていますし、私は日本をフィールドに仕事をしています。息子はポルトガルでもアメリカでも現地の学校に通っていたこともあり、家族のなかでいちばん現地に溶け込んだ環境にいました。

このような生活の姿勢を保っていれば、自ずとそれぞれの間で共有が敵わないことが発生します。共有を求めない共生は、意思の通じない昆虫への嗜好から芽生えた感覚かもしれません。家族であればいつでも考えを共有できなければならない、仲良しでなければならない、守り合わなければならない、といったルールは人間という生態の社会的性質をうまくまとめるためにつくられたもの。家族は人間にとっていちばん身近な社会単位ではありますが、だからと言って家族愛が普遍的なものだとも私は考えていません。血のつながった親子であっても憎悪は発生する。なのに義務として愛情を保持しなければならない、という軋轢に苦しんでいる人も少なくはありません。

自分とは違う生き方や考え方を受け入れ、さらにそこから良い触発とリスペクトが生まれるかどうか。私が家族というものの美徳と捉えているのはその点だけかもしれません。

「孤独」を味方につける

人間は、ヒツジやイワシやミツバチと同じく、群生の生き物です。猛禽類《もうきんるい》のように群れをつくらず単体で生きるといった性質はもともと備えていません。しかしなかには、群れに帰属することに苦痛を感じる人間もいます。私たち一家は、時々に遊牧民のように移動し、時々に猛禽類のように個で行動し、また時々群れに戻るという生き方をしている家族です。一人でいることがデフォルト、という共通認識があるからこそ、その生き方がうまく機能しているのかもしれないですね。

漫画家という職業柄、一人でいる時間は長いですが、だからと言って一匹狼のように孤独に生きることは目指していません。人間は脆弱なものです。群れを形成して周囲と支え合っているからこそ、日々の生活が円滑に回っているのです。支え、支えられて生きていることは、リスペクトしなければならないと実感もしています。

遡れば先史時代、人間には農耕と遊牧の選択肢がありました。肉食動物として狩りができることは実証したものの、遊牧民として現代も生きている人々は世界のなかでもマイノリティになっています。つまり、私たちの祖先の大半は農耕を軸に生きていくことを選んだ。一定の群れを成して行う農耕の便宜性と貨幣交換の社会性が、人間にとってより安楽なものだったからです。

しかし、いつも集団で群れていたいという人は、実はそれほど多くはないのではないでしょうか。程度の差こそあれ、群れから自由になりたいという気持ちは誰しもがもっていると思います。

「人が好きじゃないのに、人がいないと生きていけない」

ココ・シャネルや開高健が共にこのようなことを言っていましたが、この言葉に共感を覚える人も多いでしょう。人間が嫌いかというとそうではないし、孤独であることへの寂しさも感じている。本質的に人間は群生の生き物であるということを踏まえれば、こうした葛藤は当然のことです。人間には孤高の鷲《わし》や鷹《たか》のような生き方はできません。私自身も、自分のなかの群生性を自覚していますし、群れの調和を乱したいとは考えていません。ただ、その群れと絶対に相容れないと感じたときは、意識しなくても自然と距離を置くような反射性が身についている。それが私の自己防衛策なのだと思います。そういった根本的な性質が、私の家族観に表れていることは確かであり、同様の精神性が息子にも引き継がれているようです。

前述したように、「理想的家族」というもののフォーマットは、人間という群生でありながら統合の難しい精神性の生き物を、うまくまとめるために過去の人間たちが生み出した枠組みです。

夫婦は常に仲睦まじく、子どもたちはそんな親を敬愛し、近所付き合いも円滑で、誰が見ても安心する家族。私のような人間にしてみれば、このような家族の形を何十年も全うするのは綱渡り並みに至難の業ではないかと感じてしまいます。逆にこのフォーマットのどこかがうまく機能していなかったり、破綻してしまうと人間の生き方として失敗した例と見做《みな》されるようになる。綱渡りをうまくこなせない家族は認められない、という民衆の精神性を象徴するのが、芸能人カップルのスキャンダルなどでしょう。

ゴシップは海外でももちろんありますが、日本ほどジャッジの厳しい環境はあまり思い当たりません。日本はそれだけ夫婦や家族に対して、絶対に崩してはならない予定調和的理想への執着が強い。自分たちが信じたいものしか信じないし、見たいものしか見たくない。自分たちにとって理想とする家族や夫婦の形を保てない人は、とことん叩きのめし、目の前から消えてもらうしかない。

だとすると、フランスのミッテラン元大統領の葬式の参列に彼の家族と愛人とその娘が当たり前のように並ぶ、なんてことはあってはならないことなのでしょう。そう遠くない昔まで日本だってお妾《めかけ》さんというものの存在は認知されていたのに、戦後になると、まるでそんな過去などなかったかのような清教徒的な理想の家族意識へとシフトした。この転換は興味深いものがあります。そもそも日本は他国のように特定の宗教の倫理ではなく、世間体が社会のルールとなっているので、なおさら理想的家族の在り方に対して神経質になるのかもしれません。

そう考えると、家族というフォーマットやルールも、そのときの社会状況によって簡単に変化するものだということがわかります。

例えば、イタリアにおいての離婚は、１９７０年まで認められていませんでした。それが徐々に、成立するまでに必要な別居期間が5年、3年と緩められ、近年には別居後6カ月で成立されるまでになりました。この数字は法律上のことですから、実際にはもっと長くかかるようですが、この離婚に関する法改正のプロセスを見ていても、社会による家族の捉え方の変化を感じさせられます。

パンデミック期間中に観た映画の一つ『ノマドランド』は、ここに述べたような家族に関する従来の幸せの価値観について考えさせられる、様々な知的触発を与えてくれる作品でした。このことについては、第4章で詳しく述べたいと思います。

分かち合えない「家族の倫理」

イタリア人は、日に何度も家族と連絡を取り合います。ご多分に漏れず、私のイタリア家族たちのコミュニケーション頻度も非常に高く、その様子を私は自分の漫画に描きとめてきました。思い起こせば12年前、『テルマエ・ロマエ』の連載の打ち合わせにＳｋｙｐｅをすでに活用していましたので、国際電話の通信コストがかからなくなったことも、家族離散状態のもとでの頻繁な連絡を後押ししてくれたのかもしれません。例えば夫や義妹と両親は1日に少なくとも3回は電話をしています。何も用事がなくても「何してるの？」という他愛もない会話を交わしている。そんな電話を締め切り間近でパニックになっている私にも掛けてくるので、正直辟易することがあります。

パンデミックが始まって以来、夫は料理をよくするようになりました。あるとき、忙しい合間にふっとスマートフォンを見たら、自分でつくったというパスタの写真が「いただきます」という言葉と共に送られてきていました。「料理をしたぞ」という自慢です。

最初こそ「美味しそう！」などと言葉で返信していましたが、送られてくる頻度が多いと見ただけになることも増え、最近はスタンプだけで応答しています。忙しい、ということを遠回しに伝えているつもりですが、わかっているのかどうかは不明です。

「夫婦や家族間の連絡が密で羨ましい」と言われることがありますが、イタリア人の場合は半ば家族であるという義務から発生している行為のようにも思えます。「家族はどんなときにも結束していなければ。離れていてもつながっていることを常に確認していなければ」という強固な家族観をもつがゆえの、頻繁な電話なのです。

研究者で現在は教員という知的職業にある夫は、イタリアのなかでは比較的家族に対して冷静で、私たち家族の離散状態をも受け入れています。しかしそれでも、彼の倫理の細胞のデフォルトは間違いなくキリスト教の価値観で、「家族の結束は絶対」という固定観念を壊すことはありません。

だからこそ、私が反対するのも顧みず、オリンピック開催と同じタイミングで日本にやって来た。「家族が」と言えば何事にも優先され、日本人を含むすべての人が納得すると信じて疑わなかったのです。この疑いを許さない家族の思想は、時に危険なものになりかねないと思っています。

直近の例では、このパンデミックです。新型コロナウイルスの発生源とされる中国とビジネス上のつながりが深いイタリアでは、世界でもいち早く感染症「COVID－19」の感染爆発が起きました。その原因が彼らの家族の倫理でした。

日本同様に長寿国のイタリアでは、高齢者は老人ホームに入らず家族と同居するものだと考えられています。その家には小さな孫もいて、外から帰ってくれば「ただいま」とハグやキスをするのは当たり前。孫が外からウイルスをもち込んでいれば、祖父母は感染してしまいます。

イタリアを含む西洋ラテン諸国は、毎日誰かとスキンシップを取るような文化圏ですから、感染の爆発は当然の結果でした。キリスト教的倫理を正統だと思い込んでいた人たちに絶対的な打撃を与えたのが、新型コロナウイルスだったのです。

夫の家族に対する倫理観への信念は揺るぎないものです。家族の在り方への思想は世界中で通じなければならないものであり、それはパンデミックよりも優先されると信じている。ある種、洗脳されたキリスト教的倫理観が夫のなかにも根付いているのです。

私はカトリック信者の母のもと幼児洗礼を受けたクリスチャンですが、家族を大事にしながら、音楽家としての自分の仕事を優先してきた母の姿も見てきました。イタリア人の家族には、そんな母の生き方がどこか腑に落ちない。私自身も結婚して以来、夫からは「仕事と家族とどっちが大事なの」と再三問われてきました。そのような優先順位を問いただす質問は、カトリック的な家族主義の倫理が世界の中心で、絶対的な価値をもつと考えているからこそ発せられるものです。そこで「仕事だ」と言おうものなら大顰蹙を買いますが、自分に嘘をついてまで「家族です」とは言えないですね。そこには明らかな倫理観の違いがあります。

私にとっても家族は大事です。しかし、仕事とは次元が違うものですから、比較はできません。第一、仕事をしなければ家族を養えない。現代を生きる私たちが、貨幣経済というもののなかに完全に飲み込まれた生き方をしていることは認めなければなりません。

もし野山で作物を育てて自給自足できている立場であっても、家族と仕事とどっち、と問われれば私は「畑が大事です」と答えるでしょうね。畑を耕さなければ家族の餓死は必至ですから。愛情はすべてを乗り越えられると思い込みたいところではありますが、人間は精神面だけ満たしていても生きていけません。悟りを得た高僧だって、肉体の健康は保たなければならない。

肉体と精神、この二つの健康バランスをうまく維持していけるかどうかが、古来人間の生き方に問われ続けているのです。

夫婦の未来

コロナ禍の離婚が増えていると聞きました。たしかに、生活のリズムが変わり、たちどまったことで自分のなかや周囲の環境の歪みに気がつけた、ということは大いにあると思います。

コロナ以前なら、毎日別々の場所に仕事に出かけて帰りも遅ければ、夫婦でも時々会うだけでしょうから問題をやり過ごすことができていたかもしれません。しかし、リモートワークや外出の自粛などで一緒にいる時間が増えたことで、「私、やっぱりこの人ダメかも……」という自覚が芽生えてしまった。イタリアやアメリカの友人周りでもそんな唐突な動機でパートナーと離別してしまった人がいると聞きました。こうした離婚率の上昇はどうやら世界的な傾向と言えるようです。

新型コロナウイルスはこれまで誤魔化していた問題を表面化させる側面がありますが、家族や夫婦の在り方も例外ではないようです。

夫婦というのは傍から見ていても真の姿はわかりません。側からは「おしどり夫婦」などと称されていても、そんな自覚をもっている当事者たちが果たしてどれだけいるのでしょうか。世間では人々への生きるモチベーションとして、何かと理想化された素敵な夫婦や家族の存在のアプローチ力が動いていますが、そうした〝理想〟という壁が立ちはだかっているせいで「うちはダメだ」と思ってしまう夫婦も増える。有名人が浮気などの失態を犯せば、目障りな害虫の如く人間失格の烙印を押されて排除されてしまうのもそのためでしょう。世の人々は日々「別離などあり得ない、いつまでも仲睦まじき理想の夫婦、理想の家族」を目指そうと必死になっているわけです。

イタリアのようにカトリックの倫理上離婚が簡単にはできない国だと、必然として長く続いている夫婦はたくさんいますが、そうすると、お互いにあらゆる価値観の差異の溝があっても、年月によって埋めていくことができるようにもなっていきます。結婚当初抱いていた〝理想〟は、諦観や達観に置き換えられていくわけですが、家族とは所詮そんなものだという意識が根付いていているとも言えるでしょう。

なかにはもちろん我慢や妥協もせず仲良くし続けて何十年、という夫婦もいるとは思いますが、彼らだって潜在意識下で相手に譲歩したりしながらやり繰りしてきたはずです。

14歳の年の差の国際結婚をしてから20年が過ぎましたが、周りから「仲がいいですね」と言われることがあります。私はもともと幼児洗礼を受けていますし、クリスチャンとしての教育を受け、クリスチャンとしての倫理を携え、17歳という年齢からイタリアに暮らしていますから、イタリア人という人種のメンタリティにはそれなりに適応できたと思っていますが、それでも夫からしてみれば、日本人である私にはまだ不可解な部分が少なからずあると思います。

たとえ海外暮らしが長いとは言え、私には日本という八百万の神がいるなかで培われた物事の捉え方、考え方が身についています。私は決してスピリチュアル系の人間ではありませんし、古今東西の宗教や思想は興味深いコンテンツではありますが、俯瞰で観察することは楽しめても、もともと人間社会に対しては懐疑的なのでそういった信仰に傾倒することもありません。

それでも、自然への敬意や「目に見えているものがすべてだとは思っていない」などという話をすると、夫が私から少し距離を取るのがわかります。

しかし、夫婦の間で互いに理解できないことや同意しかねることがあっても、価値観の無理な共有は求めずにそれぞれの考え方や生き方に干渉さえしなければ、良好な関係性は保てるのではないかと思います。

私も夫が研究しているテーマや社会の見方などには興味を刺激されていますし、「このネタなら、うちのダンナに聞いてみるといいかな」と思うことについては、離れていてもメールなりなんなりして彼の意見を参考にしています。

夫は夫で、イタリアの家族のなかで腹立たしいことが起きれば、私の見解を求めてくる。それぞれの暮らしを互いに共有し合えなくても、必要な部分でつながっていられればそれでいいというのが私の考え方です。

とにかく、今の私にとっては、どんな人とのかかわりであろうと適度な距離感というのはもはや必須です。〝家族〟という意識を物理的な結束感や世間による判断で実感する必要を感じないのです。齟齬《そご》が発生し、何をどうしてもそれをうまく調整できなくなったら、そのときは何某かの手段を考えることになるでしょう。

離れることで相手を蔑まずに済むのであれば、世間が理想とする夫婦の形を全うするために「いい夫婦」「おしどり夫婦」を装うということを私は選びません。

こういう話を人にすると驚かれますが、私は結婚当初から、14歳年下のベッピがそのうち私以外の人間に恋愛感情を抱く可能性なんて、いくらだってあるだろうと思ってきましたし、今でも思っています。そういう可能性も込みで彼とは結婚をしました。

人生が50年だった時代は、20代で出会った伴侶と一生を添い遂げることもあったでしょうけれど、今や人間は100歳近くまで生きる場合もあります。そうなってくると夫婦は老齢化した自分たちを支え合う共同体としての色は濃くなるでしょうが、そこへ至る何十年もの間に相手とは別の人にまったく恋愛感情や好意を抱かないでいられるという保証はありません。強烈な洗脳状態に陥らない限り、精神性の生き物である人間にはどんな感情の変化だって起こり得るのです。

自分は夫や妻以外の人にはまったく関心が湧かない、夫がすべて、妻がすべて、と断言するような人に出会うと、私はそこに掲げられている禁欲と正義的意識に対し、何か穏やかではないものを感じてしまいます。

夫婦は宗教ではありません。本質は他者と他者が結びついた社会単位にほかなりません。にもかかわらず相手を自分の生きる理由であると宣言し、信頼という言葉で拘束し、自分の予定調和範囲での行動しか許さないようになっていく。こうした「人生を確定化する」夫婦の結束の信念もまた社会統括には便利なものですし、大きな群れ単位の視点で捉えればありがたいものでしょう。人それぞれですから、それでいいという人にはそれでいいと思います。

私の場合であれば、もし夫とそんな絶対結束を意識した関係になるような日がきたら、夫婦関係を解消すると思います。

私がこんなふうに夫婦というものを捉えるようになったのは、幼少期に母からいつも「結婚も男性も人生の解決策ではない。まずは自分一人でも立派に生きていける人間になりなさい。結婚も家族もそのあとのこと」と執拗に言われ続けてきたことも影響しているのかもしれません。

私は多くのことを知りませんけれど、母は彼女なりの苦悩を経て、そういう結論に至ったのだと思いますし、その言葉には当時の幼い私たちにも強い説得力がありました。

ピエタが象徴する男の理想

夫が先の夏に日本に来たのには、家族に誠意を見せたいという願望のほかに、彼の個人的な環境の変化も拍車をかけていました。

イタリア人のマンミズム（母親主義）は世界中でもよく知られていますが、夫も当然のごとくその影響下にあり、義母はかっちりと息子ベッピの人生に食い込んでいました。その状況が、パンデミックが始まる直前に変わっていたのです。

夫には2歳年下の妹がいます。その彼女に二人の子どもが生まれ、それまでベッピに注がれていた義母の愛情が、孫たちに流れてしまったのです。家族という社会単位のなかで最も密な関係で、いちばんの理解者だった〝お母さん〟が、急に自分のそばから離れてしまったわけです。ただでさえパンデミックで孤立化が深まるなかで、夫にとっては大変大きな家族環境の変化だったと思います。日本に離れて暮らす私と息子に家族の結束を求め、頻繁に電話をかけ、挙句、まだ感染者が減らない最中であっても飛行機に乗って私たちに会いにきたのには、そういった事情もあったのだと思います。

イタリアに限らず、世界の多くの男性が妻に求めるのは、自分のダメなところを認め、どんなときも無条件に寄り添い、慰め、許してくれるかどうか、という点なのではないでしょうか。どこかで羽目を外すことがあっても最後には許してくれる。妻に求められるこうした精神的忍耐は母性的な寛大さとほぼ同質だと思われます。

ベッピもまた、私のことを母親的存在として捉えているのがわかります。彼からして見れば、14歳年上の妻は出会った当初から、自分には及ばない経験をしてきたことがわかっていた。その上で夫婦になっているのですから、背伸びをして男と女としての付き合いだけでやっていこうとは、最初から思っていなかったと思います。すでに7歳になる子どもの母親でもありましたし、最初から彼にとって人として頼りがいのある存在だった。その姿勢が具体的だったからこそ私も、夫婦とは普通こういうものだ、妻と母親という立場を混同しないでほしい、という欲求や理想に縛られることもありませんでした。私も知的触発という意味ではベッピを頼ることがありますが、夫らしくもっと頼りがいのある人になってよ、などと思うことはありません。夫婦という既成概念に縛られないこうした関係性だからこそ、何はともあれうまくやり繰りができているのだと思います。

ヴァチカンのサン・ピエトロ大聖堂には、ミケランジェロの傑作の一つ、ピエタが収蔵されています。磔刑《たっけい》のあと十字架から降ろされたイエス・キリストの亡骸《なきがら》を、母マリアが腕に抱く聖母子像は、「お母さんの腕のなかで死にたい」という男性の願望が象徴されているのだと解釈されてもいます。

男性が母を求める気持ちは世界共通なのだと思います。お母さんの力は、それこそ古代ギリシャや古代ローマの時代も、キリスト教の時代も変わりません。日本においても、例えば特攻隊員やインパールなどの熾烈な戦地で死を前にした兵士たちが、最期の最期に叫んだのは、「天皇陛下万歳！」ではなく「お母さん！」だったそうです。

現代の日本でも、長年奥さんと仲良く連れ添ってきたような男性を見ていると、60歳を過ぎたあたりから、妻の立ち位置というものが、お母さんのそれにシフトしてくるように感じられることが多々あります。その年齢には個人差があるかもしれませんが、どうも子どもが巣立ったあと、子育てを終えた妻が今度は自分にとってのお母さんになるようですね。それほど、家族のなかでの女性というものは、最終的に〝母性〟に統括されていくのかもしれません。

地球に愛される人、デルス

「息子にとってこの世で誰よりも理不尽でありながらも、お人好しなほど優しい人間である母ヤマザキマリ。そんな母のおかげで国境のない生き方を身につけられた私は、おかげさまでこれから先も、たったひとりきりになったとしても、世界の何処であろうと生きていけるだろう。山崎デルス」

『ムスコ物語』（ヤマザキマリ著　幻冬舎）より

２０２１年の夏、デルスの子育てをしていた頃のことを綴ったエッセイを上梓しました。その本にデルスがあとがきとして寄せてくれた文章の一部がこちらです。

デルスが生まれたとき、産声を聞いたその瞬間に決めたことは、彼の父である詩人の恋人と別れることでした。この世に生まれれば、否が応でも生きる困難に向き合うことになる。せめて子どもとして過ごす間は、人生には面白いことも楽しいこともたくさんあるということを、私が身をもって見せなければならないが、詩人と一緒にいたらそれは叶わない。そんな核心に触れた後の決断はあっという間でした。

　そうしてシングルマザーとして歩み始めた私が息子に対して願うようになったのは、「人間より、地球から愛される人になってほしい」ということでした。どこにいても、「あなたは生まれてきてよかったんだよ」という地球からのメッセージを感じられる人でいてほしかったのです。そうであれば、一人になっても、世界のどこででも、生きていける。

　成長したデルスが書いた文章のなかで、彼がそう思えていることを知り、私の子育てはもう終わったのかなとしみじみ感じました。

　息子とは、彼がまだ小さな頃から言葉も文化も違う場所によく旅行に出かけるようにしていました。世界には多様な価値観があることを、肌で感じさせるためです。さらに小学4年生からは、私の結婚による親の都合でシリア、ポルトガル、アメリカと、〝世界転校〟を何度も余儀なくさせてしまいました。その度に現地に放り込まれ、しなくていい苦労をたくさんし、惨憺《さんたん》たる思いを経験してきただろうと思います。

　デルスも今や20代半ばの青年になりましたが、私の世代の人間よりも諦観しているのではとさえ思うほど落ち着いています。本や漫画から日本語を学んだせいもあって、話し言葉も非常に丁寧。腹の据わった言動を見ていると、理不尽な人間と一緒に暮らすとどうなるかという見本ではないかと思えてきます。

コロナ禍のこの時期を、息子も東京で過ごしています。ただ、ハワイの大学を卒業したのちは日本に居を構えてはいますが、彼も一箇所に長くいられない性質のようですね。パンデミックが始まる前にはラオスやネパールをしばらく旅で巡って、出家したお坊さんのように達観に磨きをかけて帰ってきていました。

「この時期にやめたほうがいいよ。母も僕もワクチンをまだ接種していないんだから、北海道に行っちゃいけないよ」

イタリアから夫が日本に来たとき、長らく会えていない私の母と妹のもとに「みんなで行こう」と、当初は旅行先を北海道にしていました。それをいち早く止めたのがデルスです。「家族に会いに！」と私に対しては自分の家族主義を強く押し出していたベッピも、デルスの言うことには納得していました。

パンデミックのこともその知力と想像力をフルに稼働させて、人一倍考えていたようです。北海道行きの懸念も、あらゆる状況を考えてシミュレーションした末のことだったから、私やベッピをすぐに納得させることができたのだと思います。

注意深く、慎重で、ちょっと臆病者なところは苦労人だからかもしれません。自分が思っていること、自分が辿り着いた確信すら、その通りになるとは思っておらず、自分の考えに対しても懐疑的です。このパンデミックの間に、息子が蓄えてきたそれらの生きる力についても見えてきた気がしています。

「今日は人混みに行く用事はないよね」「気をつけてね」などと、コロナ禍になってからは毎日のようにメッセージを送ってきてくれます。彼もまた、家族といういちばん身近な社会単位を一緒に営む、頼りがいのある存在です。

「普通」って何？

「ヤマザキさん、よくこんなに家族のことを赤裸々に書けますね。私にはできないですよ」

私が漫画やエッセイで家族について書くことを、作家仲間に非難されたことがあります。もちろん、その人にはその人の表現に対するルールや価値観があって然るべきです。私にしても、家族や自分のすべてを公にするつもりはありませんが、あまりにネタが特異だったり、無意識のうちに文字や漫画で表されているようなことは、別に表に出してもかまわないと判断しています。他人様《ひとさま》に実態を知られたくない、という躊躇は特にありません。

もしこれが、他人様に自分や家族のことをよく見せようと装ってでもいたらどこかで破綻するかもしれませんが、私にはありのままを描くことしかできませんから、家族もそれに対して何か抵抗を示すこともありません。むしろ楽しみにしているくらいです。

一方で私は、写真や動画などで家族の記録を残していません。自分が撮影した息子の写真がほとんどないと言えば、大抵の人は「信じられない」と言いますが、私にとって写真や動画は子どもへの愛情の深さの指標ではありませんし、記憶に刻印できればそれでいいと思っているところがあります。

私の母も同じでした。妹と私の写真を撮ってくれたという母の姿の記憶はなく、残っている写真はすべて誰かが撮ってくださったものばかりです。かと言って私は母の愛情を疑ったことはありませんし、その愛情が不足だと思ったこともありませんでした。

私が家族のことを文章に残すのは写真や動画の代わりなのかもしれない、という話をすると、「でもやっぱり家族をネタにするのはどうだろう」という反応をする人もいます。家族に対しての価値観や扱いもやはり、人それぞれなのです。

今回のパンデミックで、一つの価値観を全員で共有できているかと思っていたら、それは大きな間違いであることに気がついた、という人もいるかと思うのです。それは親子、夫婦、家族間、はたまた住んでいる社会や国といった大きな規模においても、同じ現象が起きているのではないでしょうか。

例えば家族に関しても、「普通であればこうあるべきだ」という思い込みが、人々の視野を狭窄的にして、その本人をも苦しめている気がします。子育ても「理想の子どもとはこうあるべきだ」という決めつけが、そのフォーマットに無理やり押し込まれそうになる子どもたちを行き詰まらせてしまう。親に対しても、そして男女の関係にしたってそうです。

理想的な親子、理想的な夫婦であろうと尽くすことで、関係に綻びが発生する場合もある。

そもそも理想的な家族、というのは何なのか。高学歴高収入でハンサムな家族思いのお父さんと、美人で優しい行動力のあるお母さん、しっかりもののお兄さんやお姉さんと、ちょっとわがままだけどおちゃめな弟や妹、そこに家族中から愛されている犬。どこの誰に見せても文句のつけようのない家族のオーソドックスなイメージは、こんなところでしょうか。

バブルの時代、新婚旅行から帰ってきた新郎新婦が離別する「成田離婚」というのがありました。バブルは世の中の人々が皆いわゆる精神的なシークレットブーツを履いていた時代だと私は解釈しています（当時私はイタリアで極貧生活を送っていたのであくまで主観ですが）。自分の存在を巨大に見せようとお腹をどんどん膨らませて破裂してしまうイソップ物語の母ガエルさながら、等身大以上の自分を装ってはみたものの、実際結婚をして新婚旅行に出かけた海外という融通の利きにくい環境で、お互いの本性が露呈してしまう。そして、帰国するや否や別れるというのが「成田離婚」でした。思っていたのと違う、予定調和を崩された、という失意を、バブルの時代の人たちは今よりも大胆な決断や行動で払拭していたところがあると思います。当時は皆が抱いていた理想もバブルでしたが、修正に対しての勢いもバブルだったということでしょう。

私の母は、父が亡くなったあとに再婚をしました。けれどその男性は当時サウジアラビアに赴任をしていて、母はオーケストラを辞めてまでその人と一緒にいたいとは考えていなかったようです。早々と離婚を決めてシングルマザーとなり、まだ小さかった私たち姉妹を育てることにしましたが、さらに、母はその別れた夫の老齢の義母を彼女が亡くなるまで自分の家で面倒をみていました。義母は母と自分の息子が離婚したと知って、自分はここにいられないといったん家から出ていくのですが、しばらくして「またいつか一緒に暮らしたい」と書かれたハガキが届き、母は私たち娘を連れて彼女を連れ戻しにいきました。家族には絶対的な基準やルールはない、というのを私はそんな母から学んだと思っています。

そんなわけで我が家には男性がいたことがありません。なので相手との調和を保つために妥協をしたり、我慢をしている母を見たことがありませんし、だいたい夫婦喧嘩というのも知りません。そのせいで私が留学先のイタリアで男性と暮らし始めたときは本当に大変でした。相手にしてみれば、男女の付き合いでは当たり前な何気ない口論ですら大事《おおごと》に捉えてしまう私に戸惑っていたはずです。

イタリアに母がやって来ると、喧嘩をしている私たちを見て「そんなに喧嘩ばかりするのなら別れるしかないじゃない」などと彼女流の短絡的な反応をしていましたが、結局私は11年この人との付き合いを続けました。その後に出会ったベッピとの結婚ももう20年になりますから、他者との暮らしの経験については私のほうが長いことになります。それでも私は今でも母が口にしていた「家族という形はいかようにも変化する。基準はない」という言葉を折に触れ思い出します。

人間は繁殖だけを目的に生きている生き物ではありません。知性がある限り、精神面での健康維持は肉体の健康を保つのと同じくらい重要です。だとすると、理想的家族という既成概念に縛られない生き方や、最初から家族をもたない幸福というものも、もっと当たり前に認められていくべきではないかと感じています。

第3章

歩きながら人間社会を考える

「戒律」という社会の倫理

私はこの2年半余り、社会において「戒律」として機能しているものとはいったい何なのか、そのベースになっているのは何かということを、考え続けてきました。思索を深めたきっかけは、コロナ禍の日本で、世間体による戒律の拘束力が以前にも増して強くなったと感じたからです。

私たちの社会には、倫理というものがあります。

キリスト教の社会にはキリスト教的倫理があり、仏教が主軸にある社会なら仏教的倫理が、そしてイスラム圏に行けばイスラム教の倫理が存在しています。それらはまるで、「人間がこの世に誕生した瞬間からあったものだから」という至極当然の体《てい》で、従うべき戒律を成し、それぞれの社会で受け入れられています。

倫理は、それはそれで社会にとって必要なものです。

わかりやすい例を挙げましょう。イスラムの世界では、女性は家の外ではヒジャブと呼ばれるスカーフなどで髪を隠します。この「女性は髪を隠すべし」という倫理は彼らの聖典コーランの教えから派生したものですが、イスラム圏外から見れば女性に不自由を強いた悪しき習慣に見えるかもしれません。けれど、その社会に掟《おきて》が生まれたのには、外からは窺い知れない理由がある。髪を隠すことは、一つには砂漠の砂からの防御のためです。そしてもう一つは、髪の毛が性的なシンボルだと考えられていて、髪をなびかせれば性的な挑発になるからです。

私はエジプトやシリアと、中東に長く住んでいました。現地の人の家に招かれると、外では頭髪はもちろん全身を布で隠していた女性たちが皆、ボディラインを強調した華やかな装いを楽しんでいたものです。ハマム（公衆浴場）に入ったときは、女性たちが身に着けていたアニマル柄やら総レースなどのセクシーな下着に驚きました。たしかに街中のスーク（市場）では4、5軒に1軒が下着を売る店でした。派手なデザインのものが飾られているのを見て不思議な気持ちになっていましたが、彼女たちのそうした性的アピールは夫のため、要するに子孫繁栄のためなのだと現地の友人に聞いて感慨深くなりました。

つまり、夫以外の男性の前では髪を覆い隠すことで、凶悪な負の力とされている嫉妬という人間の驕りから発生するトラブルや混乱を回避しているという論理です。

イスラム圏には「一夫多妻」という倫理もあります。こちらは、戦乱続きで男性の死亡率が非常に高くなったことがその背景にあるとされています。「公平にできるなら」との但し書き付きで、1人の男性が4人まで妻をもてるとしたことには、困窮に陥った戦争未亡人や孤児の激増に対処し、人口の減少を防ぐといった戦略があったわけです。

これらの例からもわかるように、戒律のベースとなっている倫理は、「群れ」という人間の組織を円滑に統括するために、人為的につくられたものです。

では、日本の場合はどうでしょうか。

イスラム圏のような宗教的戒律はありませんが、他人様の目、いわゆる「世間体」が我々の生き方を統制する戒律として機能していると思います。人間は誰しも自分ではない他人を通して自己を肯定する側面はありますが、日本では特にその傾向が強い。世間体という戒律が成立するに至ったのも、島国という地理的な特質や歴史など、日本のあらゆる条件が合わさったなかで、群れの存続に必要なものだったからだと考えられます。

この世間体の戒律が、コロナ禍というものを経て、一層強く発動しているように感じているのです。

例えば、新型コロナウイルスの陽性反応が出た女性が、「周囲に迷惑をかけた。申し訳ない」と自ら命を絶ったという報道は象徴的でした。さらに痛ましいのは、こうした行動をとったのがこの女性だけではなかったことです。地方都市では感染者の家に石が投げられたり、感染者の多い地域に暮らす子どもが帰省したことでバッシングされるという例もあったようです。そんなことが起こってしまう社会においては、自らの命より世間の目が慮られてしまうというモラルが厳しく作用している、という証左に思えます。

コロナ禍は、言わば群れの存続の危機です。群れを守るために倫理の拘束が強くなるのは、自然な流れなのかもしれません。しかし、ここで問われるべきは、倫理の根拠や信憑性です。そもそもなぜ、私たちがその倫理に縛られているのか。その倫理は何が理由で生まれてきたのか。私たちがそのモラルの枠に自分を収めて生きなければならない条件とは何か。

特に世間体という、形もなく明文化もされていないものを、「これまでそうだったから」「周囲もそうだから」などの曖昧な理由で受け入れることに妥当性はあるのだろうか。長いものに巻かれておくことが、日本の社会という群れの維持には適当な方策だったとしても、今のような不確かな時代には根拠を把握しておくことがより大切だと思うのです。

また倫理は、「どこにいても何にでも適応する正しいもの」かと言えば、決してそうでもありません。

だからこそ意見の相違が生じますし、倫理が共有できない群れ同士となれば、戦争といった武力衝突に発展しかねない。歴史を振り返ってみても、古代ローマの初期のキリスト教の弾圧も、中世期にヨーロッパのカトリック諸国がイスラム圏に十字軍を何度も遠征させたのも、すべて倫理の共有が敵わなかったからです。現代に至っても、ロシアとウクライナの戦争をはじめ具体例には事欠かないでしょう。

たしかに、群れを統制する上で最も効果的なのは倫理による社会的な戒律です。突き詰めれば、それらの目的は人類の存続につながってもいるでしょう。しかし根拠を見失えば、その戒律は群れの人間の自由を奪い、窮屈さを与えるだけのものになりかねません。さらに、倫理が人為的につくられたものである以上、そこには何らかの干渉も加わっています。資本主義を円滑に回したいがための干渉、国家を統率しやすくするための干渉……。群れのリーダーの思惑が入っている可能性も、考えて然るべきです。

社会における戒律について考えるなかで、私が現代に必要だと感じているのは、倫理の考察を深める、という考え方です。ソクラテスは「人間の卓越性とは徳であり、それを磨くため、そしてより良く生きるために、人は真理を追求すべきである」と説きましたが、要するにこの世のすべての人間が共有できる倫理があるのだとすれば、それこそが「真理」だと言えるのかもしれません。ただそのためには、人は自らに驕らず、勤勉に、常に多様かつ客観的な視野で社会を観察し、利他的な意識を稼働させていく必要があるでしょう。

必要だと思えば、私は様々な国における社会が、それぞれの宗教や法で徐々に象《かたど》っていった倫理というものを受け入れるのにやぶさかではありません。と同時に、そこにある為政者側の思惑も認識しておくことを見落としたくもありません。また人間には動物的本能がいまだ備わっていますから、本能レベルでは危機に瀕した際に生物としてどう行動すべきか、本来ならわかっているはずです。本能を殺さず、理性と知力を稼働させて、巷の戒律に惑わされることのない自らの価値観や、真理に向かう倫理を確立していくことが、人間という生き物には必要なのではないかと思うのです。

コロナウイルスと共生する社会を歩き始めた今、そんなふうに考えています。

オリンピック開催に見た「日本らしさ」

パンデミックが進行する最中に、世界中から人々を一地域に招集してオリンピック、パラリンピックを開催。古代ギリシャ人もびっくりするだろう事象が、2021年の夏、緊急事態宣言下の東京で遂行されました。コロナ禍の日本での象徴的な出来事として、振り返っておきたいと思います。

何が何でも開催しなければなりません。安全と安心には気をつけます。開催前、政府から発せられるアナウンスは、結局その一点張りでした。パンデミックを押して開催しなければならない説得力のある理由は述べられず、絶対に実施されなければならない、という強引さのもとで、議論が尽くされることもありませんでした。その一連の流れを見ていて私が感じたのは、第二次世界大戦に日本が介入した際も同じような状況だったのではということです。有無を言わさず突撃を開始し、民衆は真相を知らないままで竹槍を持って、「突け！」と号令されれば従う。より記憶の新しいところでは、福島第一原発事故時の対応にも共通するものがあった気がします。

どうしても実施しなきゃいけないのであれば、その理由を民衆にわかるように説明してもらいたい。経済的な理由であれ何であれ、説明次第では国民も「ああ、それなら仕方ない。やるしかない」と思う場合だってあるわけです。にもかかわらずただ一方的に「何が何でも」と無茶を押して、根拠も有耶無耶《うやむや》なままに突き進む。

実はこうした社会と組織の動向はある意味で日本の特徴であり、それが良いとか悪いとかということではなく、独特な「日本らしさ」なのかもしれないと私は捉えています。国民もその進め方に馴染んでいるし、具体性を求めない。「何だかわからないけど、そうらしいよ」という状況であっても、日本という国家はそれで統制が保たれてきた。事実、開催前には大多数が強く反発し、政府の対応を非難していましたが、開催後も反対意見を声高に言っていたのは、ある程度西洋化した認識をもつ人たちに限られていたように思います。その他の人々は「アスリート、頑張れ！」と、テレビ中継の前でエールを送ったり、メダリストの笑顔を見て感動の涙を流していたのではないでしょうか。

「始めてしまえば大丈夫」という政府の目論《もくろ》み通りに国民が手玉に取られた顛末には釈然とはしませんが、「オリンピック開催すべし」という一つの倫理が強硬に発動されて、人々は流され、社会が統括されるというのは、人間の現象としては別に不思議なことでも何でもありません。そういった意味で、オリンピックというイベントはつくづく、思考停止する人々の怠惰性をうまく利用するものだなと思います。

私は2022年の夏まで『オリンピア・キュクロス』という漫画を連載していました。古代ギリシャで壺絵師見習いをしていた青年が、1964年のオリンピックに沸く東京にタイムスリップするという設定で、構想を練るためにオリンピックのリサーチを様々に行いました。描き始めたきっかけは、「なぜ人々はこれだけ運動競技に熱狂するのか」という理由を知りたかったからです。

小さな頃から運動が好きではなく、家族にも運動好きな人がいなかったのもあり、私にはスポーツを観戦する習慣がありませんでした。ただ、四六時中木によじ登ったり、野山を駆け回ったりしていましたので、走るのがめちゃくちゃ速い、身体能力の発達した子どもだったのです。そのため小学校でも中学校でも、運動競技会があれば必ず選手になり、「学校のために頑張ってくれ」と参加させられていました。

しかし、一列に並んで勝った負けたのために走り、優劣をつけられることが、吐き気をもよおすほど嫌だったのです。なぜこんなことで競わなきゃならず、自分の好きなように好きな方向へ走ることの何がいけないのだろうと、ずっと考えていました。『オリンピア〜』の主人公デメトリオスには、私のそんな思いも投影されています。

オリンピックの起源は、2800年前の古代ギリシャに遡ります。もともとは神に奉納する神事としての競技会で、戦争に明け暮れる人間たちへの神の怒りを鎮め、蔓延していた疫病を退散させるための祈りでもありました。戦わずにはいられない人間という生物にとって、運動競技は命を無駄遣いしないための工夫であり、代償的イベントでもありました。だからこそ開催期間中は前後を含め、戦闘は一切禁止された。選手たちは一糸まとわぬ真っ裸で、まさに武器を捨てて肉体だけで競っていました。その平和の祭典での競技の目的は、徳や名誉をも意味する「アレテー（真理）」を得るためです。観客はアレテーを極める選手たちの姿に熱狂したのです。

開催地のオリンピアは、神殿だけが建っているような自然豊かな場所でした。オリンピック開催時のみ人が集まり、テントで寝泊まりする人もいたとか。キャンプ大会と音楽フェスが一緒になったかの様相だったようです。現代の感覚で言うと、〝ジャンボリー形式のウッドストック〟といったところでしょうか。

この古代オリンピックの精神を復興し、世界平和のための祭典をつくろうと始まったのが、近代オリンピックです。ただし現代の在り様は、オリンピズムを提唱したクーベルタン男爵が想像もしなかった域に及んでいるように思います。

スポーツの力による平和の祭典からは逸《そ》れた意味が付与されるようになったのは、1936年のナチス政権下で行われたベルリンオリンピックからです。ヒトラーは世界が注目するオリンピック大会を強いナチスのプロパガンダになるように利用し、大会は強い政治力を帯びるようになりました。当初の、戦争の代償であったはずのイベントが戦争的意図を煽るものとなってしまったわけです。1964年の東京オリンピックでは、敗戦からの復興が加速し、日本橋の上に高速道路をつくるなど急ピッチで都市が開発されて、高度経済成長期真っ只中の日本をさらなる経済大国へと邁進《まいしん》させる大きなきっかけになった。まさにこの東京大会がきっかけとなり、その後のオリンピックに経済の力が加味されていくようになるのです。

今のような大々的なコマーシャリズム化と裏金の噂が絶えなくなった最初の契機は、1984年のロサンゼルスオリンピックですね。開催に何百億ドルという莫大な費用の掛かる現在のオリンピックの基盤が確立しました。今後、パリ、ロサンゼルス、オーストラリアのブリスベンでの開催が決定していますが、以降、手を挙げる都市があるのかなと疑問に思います。

いずれにしても、オリンピックというものが古代の発祥の動機から外れ、疫病の最中ですら実施せねばならないような潰しのきかない巨大イベントになってしまったことに疑いの余地はありません。

〝世界を一体化〟する単純倫理の圧

「様々な圧力が生じる巨大なイベント」というオリンピックの側面についても、自分の思うことを述べておきたいと思います。

例えば昨夏の東京オリンピックでは、ベラルーシの選手が亡命するという出来事がありました。監督への抗議をSNSに投稿したことを咎《とが》められて帰国を命令されたものの、戻ってからの身の危険を感じ、離日する空港で保護を求めたという一件です。

その際、ベラルーシのルカシェンコ大統領が「勝てばすべて手に入れるが、勝てなければパン一切れも探し回らなければいけない外国の選手もいるんだぞ」と、自国の選手に威圧的な発言をしている映像も報道されていました。

オリンピックが国威発揚に利用されるのは独裁国などでは現代でもあることですが、日本のような民主主義を標榜している国にもその気配は確実にあります。1964年の東京オリンピックの男子マラソンで銅メダルを獲得した円谷幸吉《つぶらやこうきち》さんは、まさに国家の希望と戦後復興のプライドを背負わされた選手の一人でした。メダル獲得者として一躍国民的な英雄となった円谷さんは、次のメキシコオリンピックでは「絶対に金メダルを」と期待され、ご本人もその重圧を受け入れ懸命に応えようとしていました。しかし、開催の年の初め、自ら死を選ぶという悲劇的な結果になった。その理由は複合的なものだったかもしれませんが、「国のために頑張れ」という当時のプレッシャーが、一人の人間にどれほど壮絶なものだったか、想像に難くないと思います。

近年のオリンピックでも、やはり力を発揮できなかった選手が、メディアだけでなく一般の人からも誹謗中傷を受けたという例は少なくありません。

私個人がオリンピックに対して常々感じてきたのは、「この世に人間として生まれてきたことを謳歌せよ」と言わんばかりの大きな圧です。運動による人間礼讃という倫理が、「人間は決して地球上で最も優れた生き物というわけではない」と考える私にとっては、とても息苦しいのです。今回の東京オリンピックでもその居心地の悪さがあったのですが、そのなかで明確に理解できたことがありました。

「運動は、世界共通の単純倫理である」ということです。

スポーツをするには、国や文化や人種といった個別の事情は不問になり、皆が同じルールのもとで競い合わなければなりません。例外はなく、全員がです。コロナ対策ですら各国で内容がバラバラなのに、これが柔道をするとなれば、アジア圏の人もアラブの人もヨーロッパの人も、バヌアツでもプエルトリコでもどの国の人でも、柔道の統一されたルールを一様に守ることになります。非常にフェアです。だからこそ見ている人が、プリミティブな次元で統括された世界を感じることができ、その〝全体意識〟に気持ちが高揚するのです。

共通する一つの倫理で盛り上がる爽快感は、魅力的なものです。人々は「勝った」「負けた」「頑張った」「やった！」と短絡的に心を動かされ、感動の涙を流す沸点も低くなります。実際、運動好きではない私でさえ、一糸乱れぬほど完成された空手の形《かた》の演武を見ているだけで感情が高ぶり、そのかっこよさに思わず涙が出てきました。敬愛する作家、安部公房も、「オリンピックは大嫌いだ」と公言しておきながら、柔道の山下泰裕選手（ロサンゼルスオリンピック当時）が勝ったときには、「なぜか泣いてしまった」と書き残しています。

映画や演劇や文学や音楽といったものは、ある程度知能を使わないと包括して味わうことができません。しかし運動を見る分には、そこまで深くモノを考えなくても感動できる。だからこそ、スポーツの全世界大会であるオリンピックは、人々を巻き込む力が大きいわけです。そして、一つのルールで戦うことによって、オリンピックには人間を容易に統制できる驚異的な組織力が与えられる。この力は圧倒的です。

「世界が一つになりました」といった表現が、オリンピックではよく使われます。全員が同じ倫理を共有する場ですから、一体化することは当然と言えば当然です。それゆえに政治や経済の力学とも結びつきやすい。今や「平和の祭典」と純粋には形容し難い、得体の知れないイベントになってしまった観は否めないのではないでしょうか。

再びオリンピックの原点を振り返りますが、古代ギリシャでは運動は一つの「哲学」だと認知されていました。

運動場には必ず哲学者たちが集まって、活発な論議が行われていたようです。肉体と共に内面も鍛えるべきだと考えられていたためで、議論という言語化の応酬によって、頭脳やメンタリティのトレーニングもなされていたわけです。全体を使ってこそ生命体としてのバランスが整うことを、古代ギリシャ人たちは人間という生き物にとって必要不可欠なものと考えていたのでしょう。

歴史を見ていると、人間のメンタリティというのはある水準まで達するとそれ以上は成長しないものなのだと感じることが多いのですが、オリンピックに関しては、古代の人々のほうが進んだ考え方をしていたかもしれませんね。

「ベンフィカでは誰が好きだい？」

東京オリンピックと同じ夏、NHKの『映像の世紀プレミアム』という番組で、19世紀末から20世紀後半の天安門事件に至るまでの中国の歴史が振り返られていました。そのなかで特に興味深かったのが、中国共産党が台頭以来、ことごとく言論の自由を潰していったという事実です。統一化された考えだけをもつ人間たちをつくることに邁進し、ほぼ成功をおさめた。中国という国の成り立ちと力をあらためて痛感しました。

中国の文化大革命は、思想をもって反論する人間を排除し、国の定めた常識や倫理に大人しく従い、労働し、周囲と同じ行動を取るよう国民に強いたものでした。このように「知性や教養（正確には限定的な）をもつのは支配層だけでいい。群衆には必要ない」と人間を分割する考え方は、中国共産党ならずとも、為政者なら誰しもがもち得るものです。なぜなら彼らには、人間を国家構造の部品と捉え、できることなら一糸乱れぬ群衆単位で社会を簡単に動かしたいという唯物論的願望があるからです。

現在の日本にしても、コロナや経済対策やオリンピック開催といった政府の施策に異論の声をあげる人間より、反論せずにオリンピックの祝祭ムードを簡単に喜ぶ人間であってほしいのが為政者の本音でしょう。そのほうが群れとして扱いやすいですからね。

そうした全体主義的な統括は、政治やオリンピックなどの特定の大きな舞台で行われるだけのものではありません。実は日常でも様々な場面で遭遇します。「自分たちと同じ倫理や価値観しか認めない」という狭窄的な圧力は、案外、身近なところにもあるのです。

リスボンに引っ越したばかりの頃のことです。デルスの転校先にと現地の人に推薦され、カトリック系の私立学校の面接に家族3人で出向きました。

「君はベンフィカでは誰が好きだい？」

ベンフィカとはリスボンの強豪サッカーチームで、面接官は夫がイタリア人だからサッカーを見ているはずと決めつけた上で聞いてきたのです。私同様、夫も息子も運動に興味がなく、家族の誰もサッカーを見ていません。ついでに言っておきますが、イタリア人だから全員サッカー好き、という一般的な（世界どこでも、アメリカでも南米でも皆そう捉えているところはあります）先入観は、大きな間違いです。その面接ではほかの質問も、学校の了見にはまらない生徒はいらないと暗に言っているような内容で、終いにベッピーノが「こんなところにもういたくない。早く帰ろう」と気分を害するほど狭量さを感じさせるものでした。

デルスの編入先には、様々な家庭環境の子どもたちが通っている、近所の公立の小学校を選びました。先の私立校では「それはご家庭で面倒を」と言われたポルトガル語の勉強のフォローも手厚いなど、子どもの事情や個性をそのまま受け入れる懐の深さがあったからです。

人間はマス（集団）となったとき、自分の意見は孤立したものではないという横柄さが出てくるものです。カトリック校の面接官の質問には「全員がそう思っているはずだ」という決めつけが根底にありました。それは「オリンピックは素晴らしいお祭りだ」と国民全員が喜んでいると考えるのと同じことです。どちらにも違う意見があることすら顧みない横柄さがあり、全体主義が暴走する危うさを孕《はら》んでいるように感じます。

件《くだん》の『映像の世紀プレミアム』では、文化大革命時代に「毛沢東を非難した」と自分の母親を当局に密告した男性のエピソードが綴られていました。母親は連行の末に銃殺され、それから何十年とその男性は、毎日心で土下座をし、夢でも毎晩泣いて謝っていた。けれど、夢のなかの母親は一度も応えてくれなかったと涙を流しながら語っていました。全体主義においては、そうした理不尽な悲劇が起こり得るのです。

日本には言論の自由はあります。しかし、インターネット上などでは、自分と違う意見を言う人に「ネトウヨだ」「パヨクだ」と紋切り型のレッテルを貼って、その人が何も発言できなくなるようにする沈黙の圧力が働いているのを頻繁に見かけます。「自分たちが信じていることを揺さぶるような意見を言う人とは共生したくない。除外したい」という考えは、人間の無意識のなかに必ず存在するものなのか……。せめて、その考えが行き着く先がどんな社会になるのかには、もっと想像力を使うべきではないかと思います。

カネッティに学ぶ「群れ」の考察

世間体という戒律、共通倫理、全体主義……。今の社会で起きていることやその予兆について考えていると、いつも帰着するのが「群れ」というものです。

人間は猛禽類のようには孤独に生きられない、群生の生き物であると先に述べましたが、群れ組織として一体化することによって、ある種の「強さ」を得ているのだと思います。裏を返せば、それだけ人間は不安を感じながら生きている。それゆえに群れる。群れていると孤立せず、不安を感じなくなるからです。

ノーベル賞作家で思想家のエリアス・カネッティが著した『群衆と権力』は、コロナ禍になってから私が頻繁に手に取り読み返している奥の深い思索集です。学生時代に初めて読んだ本なのですが、ここにきて人間を理解するのに非常に役に立っていて、インタビューなどで発言を求められた際にも折に触れてその考察を紹介しています。

『群衆と権力』には、あらゆる団体、例えば宗教組織から部族や民族といった地域的なもの、または「迫害群衆」「逃走群衆」といった状況によって生じるものまで、性格の異なる群れが細やかに思索の対象となっていて、それらの資質が分析されています。そのなかでは、群衆を壊さないためのガイダンスとしての宗教、そこから生まれる倫理、さらに政府や宗教のリーダーたちが「絶やしてはいけない」と目論んでいるのは純粋な遺伝子の存続だけではなく、利権といった経済的な問題、それらが絡んだ国家や組織そのものの維持であるということなど、様々に気づきがもたらされるのです。

私が面白いと思うのは、カネッティが群れることを忌避していたり、批判しているのではなく、非常にフラットな立ち位置で群衆を俯瞰して捉えている点です。人間が群れる習性をもつこと、群衆が生まれれば権力が発生すること、群衆になることで人々は精神的な安寧を得られること、などにも触れられています。本人は極めて孤独な人だったそうですが、それにもかかわらず、「安寧に甘んじず孤立して頑張れ」といったことは決して記していません。

例えば、選別されて生き延びることを許された人間が、ある種の権力意識をもつようになることについては、次のように描写されています。

「生きのこる瞬間は権力の瞬間である。死を眺める恐怖は、死んだのは自分以外の誰かだという満足感に変る。死んだ者は地面に横たわっているのに、生きのこった者は立っている。その光景は両者が戦って一方が他方を倒したような錯覚さえ与える。……（中略）……この状況の重要な点は、かれが自分を唯一の人間だと感じていることにある。かれはそこにただひとり立つ自分自身を見出す。そして、この瞬間がかれに与える権力についていえば、それがかれの唯一性の意識に由来するものでありそれ以外のいかなるものにも由来しない、という点を決して忘れてはいけない」

『群衆と権力』（エリアス・カネッティ著　岩田行一訳　法政大学出版局）より

この考察を、戦争という「殺し殺される行為」に当てはめることもできると思います。戦争における爆撃は、「その辺りにいるおまえたちは生きていなくていい」と思った人たちがいるということで、それを実行することで生き延び、勝者としての権威をもった人たちが連綿と存在してきたことが浮かび上がります。そのような歴史を知ることで、「選ばれた人間だから特別だ」といった歪んだ自我意識を客観的に認識できたり、等身大以上の自分を捉えて苦しむといったことから、距離を取ることもできるのではないでしょうか。

カネッティは、20世紀初頭にブルガリアで生まれたスペイン系ユダヤ人でした。少年時代にロンドン、ウィーン、チューリッヒ、フランクフルトなど、ヨーロッパの複数の都市で教育を受け、詩人、哲学者を志しながらウィーン大学で化学を専攻したという特異な経験をもっています。１９３８年にナチスドイツによってオーストリアが併合されたためイギリスに亡命し、その後はロンドンを拠点にドイツ語で小説や戯曲、思索集などを発表しました。

「群衆」は、彼がウィーンにいた時代、二つの世界大戦の間で見聞し、感じたことをきっかけに、ライフワークとして取り組み始めた研究テーマでした。その集大成が『群衆と権力』。ドイツで刊行されたのは１９６０年です。

帰属する国もなければ自らのアイデンティティも明確ではなく、どこにも属さなかったカネッティ。ユダヤ人として、群れ単位で迫害されるという現象についても、情動に流されず至極冷静に対峙し、分析をしています。その洞察と時を超える普遍性をもった考察は、今まさに、パンデミックと戦争が進行するこの時代においても、多くの示唆に富んでいます。

ワクチンをめぐるリテラシー

パンデミックが長引くなかでは、義務化の是非やブースター接種のタイミングなど、ワクチンに対する反応にも各国で差異が現れていました。先進国のなかでは出遅れた日本でしたが、2022年を迎える頃には8割近い人が2回接種を完了し、3回目の接種は同年6月の時点で全人口の6割に達するなど、世界全体のなかで見るとワクチン接種率の高い国になっていました。

私も今年(2022年)の4月に3回目の接種を終えました。高熱などの副反応がひどかった話を周囲から様々に聞いていたこともあり、1回目を打つ前は未知のワクチンに強い拒否感がありました。しかし、「もうしょうがない。効果があるかどうか体を張って治験だ」と覚悟を決めて、臨むことにしたのです。

接種した結果、3回とも熱が39度以上になり、まったく使い物にならなくなりました。解熱剤をのんでも頭の痛さと怠《だる》さは耐えがたいものがあり、「これは亡くなる人がいてもおかしくない。その事実が隠されているのではないか」と疑ったほどです。あらかじめ2、3日は休めるようにしていたのですが、それでも漫画には締め切りがありますので、結局は発熱しながら描くことになってしまいました（苦笑）。

実はこれまでの人生で、私は何十種類というワクチンを打っています。子どものときの予防接種もさることながら、9歳で初めて行った外国の香港も、当時はイギリス領でしたが扱いとしては南アジアに行くのと同じでしたし、南米、中米、中東と訪れる国、都市の多くが渡航前のワクチン接種が必要な場所だったからです。

マラリア、ジカ熱などに加え、イタリアではインフルエンザのワクチンは各自が薬局で買って接種するものですから、毎年半ば強引に姑《しゅうとめ》に打たれていました。ですが、これまで一度も熱が出たことはなかった。自分のワクチン経験史上、これほど症状が出たのは初めてだったのです。

そこで初回時に「39・3度」を示す体温計の写真を撮って、インスタグラムに投稿しました。実際、こういうことが起こり得るということをSNSを通じて人に知ってもらってもいいだろう、と判断したからです。これを見ても打つ人は打つし、怯《ひる》む人はやめるかもしれませんが、各人の判断を操る意図などまったくありません。すると、そこにある反応がありました。

「著名人でこういうことを投稿する人がいるから、ワクチンを打たなくなる人が出てくる。なぜその責任を考えないのか」といった主旨の、匿名の書き込みです。

とすると、もしワクチンで死ぬ人がいても、隠蔽したり捏造《ねつぞう》したほうが、事実情報よりも受け入れられるというのでしょうか。たしかに世の中はフェイクニュースだらけですし、真実など自分の直感力と知性を使ってでしか確かめられないのは事実です。さらには、そうした事実の隠蔽を当然のことと考え、提唱する人たちもいるということです。

そう言えば、コロナ禍の初期にはマスクをしない人、自粛をしない人に対して厳しく取り締まる「正義中毒」なる人々が出現しましたが、その現象にも私のSNSと通じるものを感じました。「ワクチンを打たない人と共生していくことが許せない」という不安を、「国の未来を慮っています。だからワクチン推奨」といった体裁を借りて、手の届く相手にぶつけ、自分の信念を正当化する。嘘だろうと隠蔽だろうと自分にとってそれが正義であれば、その正義にそぐわない意見や思想を非難する。

ワクチンを打つか打たないか、打ってどうなったのかを報告することも、民主主義と言われる国の人間である以上、その判断は自由であるべきです。

パンデミックでも戦争に関しても、世の中には様々な情報が飛び交います。フェイクニュースが当然のように横行する状況で生きていくには、情報へのリテラシーも不可欠です。その際には、〝専門家〟自体を疑うところから始めてみるべきかもしれません。専門家、という名称自体、人の疑いを無条件に遮断する効果をもっていますから、私たちはそれに誤魔化されてしまう場合もあるのです。例えば、「ワクチンの副反応の解熱剤はカロナール」といった推奨情報に、なぜカロナールという特定の薬じゃなきゃいけないのか、と訝しむエネルギーをもってもらいたい。

疑念を抱くことは疲れますが、疑われていると相手に思わせるのはとても大事なことです。さもなくば、私たちはものすごく低レベルな次元でこれからも騙され続けていくことにもなるからです。

イタリア人の達観、日本人の変容

イタリアは日本と肩を並べられるほどの高齢化社会です。出生率も長年にわたり欧州最低水準にあり、日本に負けず劣らず、少子高齢化の問題を抱えています。さらに、高齢者を施設に入れる習慣が定着していないため、同居する孫などの若年層から感染してCOVID－

19で死亡した高齢者が大勢いたことは先述した通りです。

そんなイタリアでは、日本に先んじてワクチン接種が進み、接種を証明する「ワクチンパスポート」も早い段階で普及していました。一時期は出国時だけでなく、行きつけのレストランに入るようなときにも提示を求められていました。そうすることで、感染する人が出たとしても「ワクチンをしていれば重症化は免れる」という安心感のもとに生活をなるだけもとに戻し、経済を活性化させようとする国の姿勢がはっきりわかる対処だったと思います。

しかし、ワクチンはイタリアでも強制ではありません。この強制かどうかの境目が何なのか、あらためて考えると不思議ですよね。はしかや百日咳の予防接種なら、子どもの意思とは関係なしにワクチンを打ちますし、海外に渡航するときは国によって義務化されているワクチンがあります。狂犬病のワクチンなどは自ら進んで接種する人もいる。それらと新型コロナウイルスのワクチンとは何が違うのか。

治験の浅い新しいものに対する戸惑いも当然ある一方で、世間から批判されることを非常に恐れる社会になっていることも関係しているように思います。一つの決定に対する反発を先回りし、なかなか決定できなくなっている風潮がある。やはり群れの存続の危機に瀕して、倫理の拘束が強くなっているからでしょうか。

もっともヨーロッパの場合は、「感染して生きるも死ぬも、判断は私たちにある」と、政府や世間の推奨をそれほど優先順位の上位として捉えていない風潮があります。イタリア一つをとっても、様々な価値観や倫理が混然一体となった社会ですから、自分たちの考えが社会の誰とでも共有できるわけではないことを認識した上で、人々の暮らしが成り立っているのです。夫の同僚でもやはりワクチン反対派の人がいて、周りから疎まれているそうですが、先日はその人を含む数名で食事会があったと言っていました。新しいワクチンに関する捉え方を一律にできなくても、それはそれこれはこれ、という考え方が確立しているのでしょう。

それだけばらつきがある社会でありながら、最初にロックダウンが施行されたときにイタリア人全員が一様に外出を控えたのには、前々からわかっていた特質ではあったけれどあらためて驚きました。あの、列も守れないイタリア人がこういう事態には皆足並みを揃えるのです。軍隊の稼働で深刻さが共有されたとは言え、それこそ彼らが事態の〝真理〟を見極めた、その効果によるものでしょう。要するに宗教的な倫理や世間体を基準に置いたのではなく、人間としての原点に立った単純な良識で最終判断をしたのだということです。

私の夫も、週末になれば必ず実家に戻って大勢の家族と過ごすのを習慣にしていたのに、ロックダウンが解除されたのちも、彼らと会う機会は極力減らしたようですし、会いに行っても、屋外で距離を取った位置にそれぞれ座って話している写真が送られてきたこともありました。

ただ、イタリア人がパンデミックに神経質になっていたかと言えば、狼狽《ろうばい》している反面でどこか達観していたような印象も受けました。ヨーロッパの人々は、学校教育を通じて、また家族の身近な物語として、疫病の流行というものについて知識があり、比較的馴染んでいるからかもしれません。

例えば、14世紀に猛威を振るい、ヨーロッパの人口を激減させた黒死病（ペスト）のことも、文学や美術、歴史などから学び、想像力を働かせる機会を多々もっています。西洋美術における「死の舞踏」は、まさに疫病を死神として描いたこの時代の代表的な絵画様式で、現代でも美術館などでよく見かけるものです。彼らにとって疫病は、日本人の台風や地震のような感覚で、「周期的にやって来るのは仕方がないもの。地球に生きていく以上避けられないもの」と思っているような印象を受けます。

イタリアの人々もロックダウンの間は、家に引きこもって内在したエネルギーをどう発散するかなど、彼らなりのいろんな試行錯誤がなされていました。しかし今に至っては、パンデミックはほぼ収束してしまったかのような日常が戻っています。私の周辺にも感染した家族を亡くした友人がいますが、それを不条理な顛末として捉えている様子もありません。彼らは最初から是が非でも疫病を阻止しようという気合いよりも、「ウイルスとはそういうものだ。自分で正しいと判断することを選択して生きていくしかない。避ける努力はなるだけするけれど、死んでしまうのも仕方がない」という姿勢でいたように思います。

人類は地球の生物史上最も支配欲の強い生き物ですから、ウイルスに対しても支配という形で統制したくなるのはわかりますが、ウイルスは支配欲などなくても圧倒的な蔓延力を備えています。「欲の勢いだけではどうにもならないことがこの世にはある」ということを、歴史のなかで何度もパンデミックを繰り返してきた土地の人間は感じているのでしょう。

若者が抱える「悲観から生まれる楽観性」

２０２１年７月、パンデミックによって１年延期されていたサッカーのユーロ２０２０（ＵＥＦＡ欧州選手権）が開催され、決勝戦でイタリアがイングランドを破り、53年ぶりに優勝を果たしました。その際、イタリア各地で若い人たちを中心に大勢の人々が街中に繰り出し、マスクを外して密にお祭り騒ぎをしている映像が日本でも報道されました。

コロナ禍でのその騒ぎっぷりは、もちろん「イタリア人の達観」などではありません。あの映像は当時の私には現実から逃れて日頃の鬱憤を晴らしたい、明るいことだけを考えたいという、ある種の「思考の怠惰」から生まれたものだったように見受けられました。「重症化しても自分たちは何とかなる」と楽観視する若者がいることは、世界共通の現象でした。日本でも夜分に〝路上飲み〟で盛り上がっている若者が早い時期からいましたし、アメリカのマイアミビーチでは学生たちが路上に集まってパーティを開き、騒ぎが暴力行為にまでエスカレートして、逮捕者が出たという事件もありました。

こうした若者たちの楽観性に思うのは、収束の見通しが立たないウイルスのことを鬱々と考えて深刻に暮らすより、その日そのときを楽しく過ごしたいという捨て鉢なものではないかということです。

古代ローマの有名な格言に「カルペ・ディエム」というものがあります。詩人ホラティウスの詩に登場する言葉で、その日の花はその日のうちに摘み取れ、つまり人生は限定的なのだから今を楽しめ、という癒やし的な意味を成しています。この言葉は何世紀にもわたって使い続けられてきました。要するに、あらゆる時代の人間に内在している思いということになるでしょう。

日本のバブル期には「世界はこの先、もう良いことしか起きない」という根っから明るい将来への楽観が、ディスコなどで遊ぶ若者のなかにありました。表層的には同じ明るさに見えても、現代の若者たちの思いはまったくの逆です。「明日の世知辛い安定より、今を楽しく過ごせばいい」という、「悲観から生まれる楽観性」とも言えるものです。

深く考えれば考えるほど陰鬱とした気分になる現実があり、それこそ電車のホームから飛び降りたくなってしまう。そうならないために馬鹿騒ぎをする。騒ぎを起こす若者たちはそれぐらい切迫して、落ち込むことへの恐怖心と背中合わせなのではないでしょうか。

日本や欧米の若者が、暗い気持ちと向き合うのを嫌ったり、落ち込むことに対して免疫がないのは、やはり時代的なものが影響しているようにも思っていました。それが昨今は、ロシア・ウクライナ紛争の影響などで彼らの心境も今までとは違ったものになってきているようです。

パドヴァで高校の教師をしている夫は、この一年、生徒や保護者から個人的な相談事を持ちかけられることが増えたと言います。頑張って勉強をしたところで楽になれるわけではない、と将来の失業率の高さを見越してぼやいたり、引きこもりになる生徒もいるそうです。経済生産性の高い北部の都市では、試験で良い結果を出せず、自慢材料にならない自分はもう親から愛されなくなるのではと恐れて自殺をした子どももいました。

家族愛でどんな社会的困難も支えようという姿勢が当然だったイタリア人のメンタリティにも、こうした大きな変化が現れてきているのです。世界全体が戦争という出来事によって、生きることへの楽観性を失いつつあるなか、サッカーイベントやパーティで与えられる刹那的享楽にすがりたくなる彼らの気持ちはよくわかります。

しかし、明日にも命を落とすかもしれない、世界中のあらゆる紛争地帯で生きている若者には、そんな逃避を許されるゆとりもありません。第二次世界大戦を経験した人々と同じように、生きることの苦悩やつらさと実直に向き合う日々を過ごしている。パンデミックと戦争という特殊としか思えないこの事象は、実は100年前の第一次世界大戦とスペイン風邪パンデミック、そして第二次世界大戦への流れと酷似しています。

病気と戦争で疲れ果てた人間は自分たちの脳で物事を考えられなくなり、自分たちの人生を肯定してくれるような声の大きい人に吸収されてしまうか、明るい光の差す方向や長いものに巻かれてしまうという状況に陥るのが常です。そんな状況が取り返しのつかない戦争のような事態を招いてしまうという顚末に至る可能性は、今も十分にあります。

実際、今年（2022年）勃発したウクライナとロシアの戦争は7月現在、まだ収束の気配は見えていません。こうした一連の不条理と理不尽な現実が今後の世界にどんな影響を与えていくのか、今の私にはまったく予測ができません。

デルスの就活に思う学校教育の違い

コロナ禍でデルスは、日本での就職活動を試みていました。

いくつかの書類審査を通過したあと、面接をオンラインで受けることになり、私の仕事室にある大画面のＰＣを貸してあげたのですが、その面談中、私は隣の部屋から「なるほど。それは、なかなか面白い視点ですね」「いや、僕はそうは考えていなくて……」などと対応している息子の声につい耳を傾けてしまいました。

ネクタイを締め、服装こそきちんとしていましたが、その〝上から目線〟的態度はまさにアメリカの教育仕込み。モニターの前でふんぞり返って自分の意見を堂々と主張し、最後は面接官のほうが「いやあ、すごく勉強になりました。今日はありがとうございました」と息子に挨拶をしている始末。完全に立場が逆転していました。

「デルス、悪いけど、今の面接は絶対に落ちるよ」と部屋から出てきた息子に向かってそう言うと、心外そうな顔で私を見返してきます。「でも、相手の人もすごく楽しそうだったし、なかなか良かったと思うんだけど」と頬を紅潮させているので、私は彼の肩を何度か叩きながら自分なりの説明を試みました。

「大概の企業はね、御社色に自分を染めるつもりです、御社のために自分を捧げます、という姿勢を見せないとだめなんだよ。正直、自信満々に自己主張しているあんたを雇ってくれる企業なんて日本にはないよ」と続けると、表情が固まってしまいました。気の毒だと思いつつも被せるように「スティーヴ・ジョブズみたいにね、社長室でいきなり裸足をガンと机にあげて『俺を雇ってくれ』というような人間を雇える会社なんてのは、ほとんど存在しないから」と続けると、「そんなひどい態度はとってないよ」とうつむいてしまいました。

そう言えば以前、懇意にしている某大手出版社の編集者が「うちは文化系だけど、やはり野球部とかサッカー部とか組織的スポーツを経験してきた体育会系が優遇される」と言っていたのを思い出しました。運動部の縦社会で従属関係を経験したかが人事にとって大事だというのです。

日本の学校教育は、将来会社などの組織に入ったときにきちんと統括下に収まり、告げられた規則にも反発を感じず従えるように躾《しつ》けている、そんな側面があるように思います。

個々人が生きる力や知恵を身につけるためよりも、群れの一員として統括されるために役立つことが、日本の教育が何より目指しているもののように見えるからです。

古代世界を例にとると、ユダヤ社会はその統制の軸を宗教に置き、古代ローマの場合は法が社会を司っていました。彼らは世界で初めて民主的な法律をつくった人々でした。そして古代ギリシャでは、哲学というものが社会の基軸にあった。プラトンやソクラテスといった哲人たちの講話を聞きながら、人々が良識を学んでいた社会です。徳や魂といった精神性の尊さとその鍛錬の必要性を説く古代ギリシャの哲学は、仏教の存在感に近かったような印象があります。

日本の教育にも道徳という授業がありましたが、正直私の学校の場合は先生も生徒も「楽のできる時間」と捉えていた傾向があり、それほど強い影響力をもったものではなかったように記憶しています。それよりも学校のクラスという小規模の社会のなかでは、すでに「世間体」というルールが確立され、誰に教えられるわけでもないのに、自ずとそこからはみ出ないような振る舞いを意識するようになっていきます。世間体という民衆全体の思念で形成される戒律は、共通の信仰を集める宗教の力を使った統括に似ています。列島という限定的範囲のなかで築かれた社会を守るために必要なのは、個人の自由よりも全体的な調和ですから、そこにはナショナリズムと称されるような発想や、全体主義的な性質も生まれてくるのでしょう。大陸であっても民族主義の強い地域においては、同じような動向が見られると思います。

ただ過去を振り返ってみても、日本は周辺諸国に対する攻撃性が他国と比べてそれほど強くはない。周辺諸国への侵攻の歴史はあっても、ヴァイキングや大航海時代のスペインやイタリアやポルトガルのように、自分たちから船に乗って、遥か彼方の地域を侵略しようという大胆さがあったわけでもない。それらも海に囲まれた列島という地理的条件に適応した結果なのだと思います。

話が逸れてしまいましたが、そんな性質を帯びた社会においては、やはり全体調和の秩序を乱すような存在には警戒してしまう、という傾向があるのでしょう。

例えば、イタリアを含む欧米の一般的な学校では、どんな服を着ようが、どんな髪型にしようが、教育とは一切関係ないと考えられています。よって、生徒が外見を理由に咎められることもない。対して日本では、髪型や服装を細かく規定した校則を定めた学校がいまだに多いのは、やはり全体主義的調和に根ざした国家統治の姿勢の現れではないかとも感じます。

さて、デルスの就職面接の結果ですが、予想通り最終選考に落ちました。高校、大学とアメリカで育ち、海外生活経験や数カ国の語学のスキルやアメリカの大学での評価で綿密に埋めつくされた履歴書と、あちらでは評価されていた自己を雄弁に表現する言動が、日本の社会ではそのままでは受け入れてもらえないことを学んだわけです。

スキンヘッドの反発と社会の成熟

今思えばばかばかしいことではありますが、イタリアへ渡る前、高校1年生だった頃、人知れず頭を坊主にしたことがあります。

校則には「肩を超える長さの髪は三つ編みにしなければならない」とあったので、当時肩よりも長い髪だった私は、ドレッドヘアのように細かい三つ編みにしていました。海外の音楽ばかり聴いていましたから、その筋のミュージシャンを意識していたのもあります。すると教師に呼び出され、「ヤマザキさん、なんですかその髪は」と怒られました。「校則にあるように三つ編みにしています」と答えると、肩で深くため息をつかれました。「ヤマザキさん、髪は顔のフレームなんですよ。それがあなたのフレームですか？」という問いには「そうです」としか答えられません。何を言ってるんだろう、この人は、と不思議な心地になりました。

私はその日のうちに美容室へ行って、「髪の毛を剃《そ》ってください」とお願いしました。そもそも頭髪という人間の生態上の特徴にああだこうだと指図されるのがバカみたいだと感じたのと、当時の私はイギリスのパンク文化にはまっていたので、プロテスト衝動に駆られてしまったのです。母は呆れ、その後すぐにおかっぱのかつらを買わされましたが、その頃から私は高校に通うのが苦痛になっていました。

学校指定の冬用のコートにしても、どうもそのデザインが気に入らない。何せ高いお金を払って仕立てたところで、着用できるのはその学校に通っている時期だけというのが非合理的に思えてならなかったのです。そこでデパートで生地だけ注文すると、母の舞台の衣装をつくってくれる仕立て屋さんにもっていき、その学校の1960年代のコートと同じ型のものをとお願いしました。それなら、学校を出てもいつまでも着続けられると思ったからです。この辺の物事への解釈は、母の愛読書だった『暮しの手帖』の編集長、花森安治の反資本主義的思想の影響かもしれません。

しかし、そのコートもやはり進路指導の先生に摘発されてしまいました。「あなたがそういうことをすると、周りもそれを真似するから、頼むからほかと違うことをするのはやめてほしい」ということでした。「それほどうちの学校の校則が嫌ならほかの学校にされていいんですよ」と言われたときには、たしかに私はここに適応できる人間ではないという強い確信を覚えました。

私は今でこそ自由奔放に物事を考えて生きているように見えますが、母親が敬虔《けいけん》なカトリック教徒でしたので、生まれてすぐ幼児洗礼を受け、小さな頃から毎週日曜学校に通うような子どもでした。自分の判断でこれは良くないことと感じれば神父に懺悔《ざんげ》をし、毎日朝と寝る前には家の十字架の前でお祈りをしていました。16歳でパンクに走ったのも、この倫理の縛りのなかで生きていた自分に対する強い反動だったと言えます。

その後、国教がカトリックであるイタリアという国に17歳で渡りましたが、そのときは母が懇意にしていた神父さんから洗礼証明書まで託されてもって行きました。しかし、イタリアでの暮らしが始まって私が接することになったのは、無神論者や唯物論者ばかりでした。付き合うことになった詩人の彼もほかのイタリア人同様に、子どもの頃からカトリックの倫理や教育にどっぷり浸かってきてはいたのですが、私がそれまで培ってきた倫理観を「気楽だな」「安直だな」と嘲り笑うような人だったのです。

留学したばかりの当時、１９８０年代半ばのイタリアでは、キリスト教民主党とイタリア共産党という互いの主義主張を否定し合う、矛盾した二つの政党が強く支持されるという、微妙な均衡が保たれた政治体制が成り立っていました。

私は詩人同様に唯物論を説く知識人や芸術家が集まるフィレンツェの文芸サロンに通うようになり、そこでも自分が信じていたものや正しいと信じていたことを嘲笑われるというカルチャーショックを重ねました。ショックではあっても、彼らが話すことには圧倒的な説得力があったので、耳を塞ぐことはしませんでした。でもその傍らで、なぜキリスト教の倫理に基づいた民主政党と共産党的な唯物論とが両立できるのか、とイタリアの社会の矛盾に対する疑問がずっと私のなかに巣食うことになりました。

これら二つの政党は今では形を変えていますが、古代から民衆の統括に対してあらゆる試行錯誤を繰り返し、爛熟《らんじゅく》と衰退の繰り返しを絶えず続けてきたイタリアのような国においては、そうした二つの異なる思想の両立は当たり前のことなのだということに気がつきました。2000年も前から王政だ、共和制だ、帝政だと繰り返し、そこにあらゆる思想や哲学も発生してきたなかで、最終的に人間の統治には合理性は求められない、という領域に辿り着いた結果の1980年代だったと捉えても大げさではないかもしれません。要するに、そんな社会で揉まれながら生きてきた民衆には、国家とは政治体制に頼っているだけではどうしようもなく、あとは個々の判断で生きていくしかないという気構えが身についているということなのでしょう。

フィレンツェ時代のこうした経験のおかげで、世の中の事象に対する善悪の解釈や自らの感情の動向は依然キリスト教的な倫理に根付いていても、それがために苦しくなったときにはそのしがらみを切り離し、客観的な視点で考え直す術《すべ》をもつようになりました。

例えばもし私がアマゾンの少数民族に嫁いだとすれば、その民族のあらゆるしきたりに対して「それは違う」「そこは間違っている」などと自分の倫理を押し付けることはできません。彼らは彼らで長い年月をかけて、自分たちという民族性や社会に相応しい生き方を模索してきた結果と共に生きているのです。大航海時代以降の南米では、キリスト教の教理を盾に侵略が謀られたわけですが、それは今もなお異なった形となって、今日を生きる人間を苦しめているわけです。

私は幸い、あの時代のイタリアに留学したことによって、自分を拘束する狭窄的視野の鍵をこじ開ける術を学ぶことができました。と言うより、学ばなければ、知性を磨いて生きてきた人々には受け入れてもらえませんでした。

先述の校則のくだりでも触れましたが、カトリックの枠組みにはまる教育を小さな頃に受けたことは、私の反発のエネルギーの糧にもなってきました。日本人の大半は、そうした宗教的戒律やカトリック的な懺悔というものには馴染んでいませんが、群れを守るために足並みを揃えさせようという、全体主義を強制するかのような教育の束縛に、窮屈さを感じてきた人はいると思います。

当時のイタリアは大きな視野で地球や人類の在り様を捉えていた良い例とも言えるでしょう。しかし、こうした矛盾や圧力を感じることで反発する意識が芽生えてきても、窮屈だからなくせばいい、という短絡的な問題ではなくなります。キリスト教民主党と共産党が政権を争っていた時代のイタリアの例が示すように、生きていく上では自分に都合の良いことばかり主張していても、大きな視野で地球や人類を捉えていることにはならないのです。

西洋哲学と理想の授業

現代のグローバル社会をうたう日本の教育を考えるときに思うのは、西洋哲学というものをもっと教育の現場に取り入れたほうがいいのではないかということです。

「哲学」というと、日本では西洋史や美術史などと同じように学問として難しく構えがちですが、イタリアでは一人の人間があらゆる経験と思考と試行錯誤を積んだ末に抽出される、その人なりの考え方や思想を指す言葉としても使われています。イタリア人との会話のなかでも、「それは君のフィロソフィア（哲学）なんだね」という言い方がよく出てきます。その延長で、学校で学ぶような過去の哲学者たちが残した思想も、日常のなかでリアルな実感をもって引き合いに出される。哲学が日常の身近なところにあると感じています。

片や日本では、合理的な筋道をつけて考え方を語るよりも、何となく雰囲気で伝えたり、臨機応変に対応したり、なあなあで進めたりといった傾向が好まれてきました。明確な考えを言わないことで、責任の所在を曖昧にしていることもあるでしょう。東京オリンピックが開催された際に感じた「日本らしさ」については、先に記した通りです。

自らの哲学をひけらかさない、言葉にしないという日本の倫理は、西洋諸国と接点をもたなくても生活のバランスが取れていた江戸時代までなら、それで十分に良かったと思います。しかし、明治維新以降これだけ西洋とのつながりが密接となり、政治や教育という国民の内部インフラ構築においても西洋式のものを多分に取り入れてしまった以上、「合理的な哲学は日本人には合わない」などと言っている場合ではもはやなくなっていることに目を向ける必要があります。

少なくとも、自分たちに足並みを揃えてくれていると解釈している西側諸国の人々にとっては、日本は〝西洋式〟を積極的に受け入れ、理解してくれているはずの国ということになっているのです。西洋式のスタイルのスーツをそつなく着こなしていても、家に帰ればさっさと楽な格好に着替えて、「そんなこと言わなくたってわかるだろ」「何でも言葉にすりゃいいってもんじゃないだろ」というような会話が交わされたりする日本的生活の側面は、西洋の人からは見えていません。家のなかではどんな振る舞いをしようと大いに自由ですが、経済のネゴシエーションの場、自身をプレゼンテーションする場など、各国が集まるような国際的なシーンでは、はっきり意思表示できないこちらに向こうが合わせてくれることはないのです。

今の世の中は、西洋式のコミュニケーションが世界のどこでも求められている時代です。鎖国時代に戻るならまだしも、グローバルなつながりを維持、発展させていくなら、表舞台に立つ人間にとっては特に、西洋の倫理や哲学を知る必然性は避けられないと思うのです。

理想的なのは、合理的な西洋哲学と日本的な曖昧を良しとする感性、さらには仏教倫理など何種類もの価値観、倫理を比較する授業を、大学などの高等教育よりも早い段階で行うことかもしれません。

あらゆる比較対象ができることで、八百万の神をもつ日本をつくったのはどういう風土か、たくさんの島々が集まっていた古代ギリシャはなぜいつも島間の闘争が絶えない国家だったのか、はたまた多くの移民を吸収しなければいけないアメリカ大陸特有の事情は何だったのかなど、文化的な背景、土壌的環境などがより見えてくるでしょう。

他者を学ぶことで、私たちは自分そのものをより理解できることがあります。また、考え方がまったく違う人と出会った際には、そこから理解し合うきっかけを見つけられます。互いにわからないことに対して「歩み寄って相違を認識し、受け入れるスキル」をもつこともできます。

教育とは本来、人間という癖の強い生き物が蠢《うごめ》く社会のなかでも生き延びていける強さを身につけるための修練です。実務的な技能の習得も大事ですが、様々な国に様々な考え方があることを学ぶ授業を、小学校や中学校でももっと増やすべきではないでしょうか。地理や歴史や道徳といったそれらを融合したような文化論とも呼ぶべき授業ですね。

文化による考え方の違いや、自分たちの倫理がどこにでも通用するわけでは決してないことを学べる授業は、気の利いた先生の授業であればすでに実現可能かもしれませんが、世界全体で見ても一般的ではありません。デルスが通っていたポルトガルの公立学校ではキリスト教の教理の時間がありましたし、アメリカの高校で学ぶ第二次世界大戦はやはりアメリカが主軸の見解になっていました。

グローバルな視点を養う授業を実践するのは、なかなか容易なことではないでしょう。なぜなら群衆が多様性に目覚めるほど、その国の為政者は社会をまとめて統括しにくくなるからです。なぜこの世には反知性主義という思想が生まれるのか、そして、それに危機を覚えるのはなぜなのか。こういったことも文化論の授業では忘れてはならないコンテンツではないかと思います。

「愛国精神」に耳を傾けてみた

考え方が折り合わない人というのは、違う文化圏に限らず、同じ社会にもいるものです。もっと言えば、身近な人のなかにだっている。私も経験がありますが、自分と意見が違うからと、その人を拒絶することはありません。イタリアではあらゆる思想をもってあらゆる主義主張をする人たちと接してきたからです。今でも親族同士が集まれば、政治の話で大騒ぎになるのは日常茶飯事です。とある政治家を巡って姑と夫の従兄弟が襟首を摑み合って牽制し合っていた場も目の当たりにしました。でも、むしろ、自分の考え方に磨きをかけるためには、こうした異なる意見をもつ人たちに接することは必要であると思うのです。ひょっとすると、頭ごなしに否定していたもののなかに、目を向ければ面白い発見がまだあるのではないか。

という考えのもと、これまでまったく馴染みのなかった右翼的な思想をもつ論客たちの意見に、耳を傾けることも日本に長く逗留するなかで始めてみました。思考というのはあらゆる角度から掘り進めて形を整えていく必要があります。

私はよく「西洋至上主義」だの「パヨク」だのとネット上で決めつけられることがありますが、自分には一切そんな自覚はありません。海外で長く生きてきたとは言え、私は日本の自然、風土のなかで生まれ育ち、日本式メンタリティが土台にあるれっきとした日本人です。家族ですら西洋人とは培えない部分をもっていますし、夫と理解し合っていても、一生分かち合えないだろう文化的な違いがあることも自覚しています。

よくイタリアが好きだという人から羨ましがられたり、私の振る舞いをイタリア的だと感じる人もいるようですが、そもそも私はイタリアに行きたくて行ったわけではありません。移民に近い意識でイタリアで長く暮らしてきたところがありますし、元来どこにいようと嗜好の同調を求められるのが苦手なので、残念ながらイタリア好きの人たちをいつもがっかりさせてしまっていると思います。フワフワと寄る辺なく移動するケサランパサランのような私は、他者と意見を常に共有する必然をあまり感じてはいないのです。

パンデミックの間、私は日々「愛国精神」というものについて思考を重ねていました。「なぜ日本では、こんなに愛国精神や愛郷精神を尊重する人が多いのか。他国のナショナリズムとは何が違うのか」と。どんな国のナショナリズムも、結局は国土的性質とそこで育まれた人々が年月を経て、自分たちの住まう環境と軋轢を発生させず、心地よく生きていけるかを試行錯誤し続けてきた結果が生んだ思想です。日本には日本なりの、個人主義よりも全体的調和を保つほうが平和を維持できるという結果があり、愛国精神はそこに強く結びついているのでしょう。国威を意識した保守的思想という愛国精神の表向きの外殻をいったん取り外して見てみると、地球上の様々な動植物がそれぞれの生息する土地の性質に適応していくのと同質のもののように思えてきます。

そういった気づきを得るためにも、私たちは時々アグレッシブな人の意見や動向としっかり正面から向き合い、その人がなぜそういうことを発言するのか、不可解な行動を起こすのか、その背景や周辺環境を分析する努力を怠ってはいけません。

イタリアの首相だったベルルスコーニや日本で言うなら田中角栄などがわかりやすい例ですが、自分の思想的立場をズバッと言い切る人は、たとえどんなにあり得ないくらい横柄で独善的であろうとも、その言葉は耳に入ってきます。私は夫や息子といった家族の意見でも妄信することはありませんので、いかなる他者の意見にも心酔はしません。ただ、主張が明確な人に対しては、自分なりの対処がしやすいと受け止めているので、耳は傾けるようにしているところはあります。

私は常々、自分のアイデンティティの拠りどころは地球そのものでありたい、地球単位で物事を俯瞰して考えなければならない、と標榜《ひょうぼう》してきました。ですが、私たち人間のキャパシティからすると、それでは規模が大き過ぎる上に、漠然としていて、収拾がつかなくなるのも事実です。多くの人間には自分が寄りかかることのできる、そして自分を守ってくれる「壁」の存在が必要なのです。人類が便宜性を生む農耕を始めた原点も、やはり壁のない遊牧民的生き方に精神的な疲弊を募らせたからでしょう。

その点においても、自分が属する地域に軸足を置き、そこからの視点で物事を明確に捉えようとするナショナリズム的思想が生まれるのは当然であり、この国の歴史が教えてくれた必然と捉えてもいいのではないかと思います。

加えて、日本人の調和維持に対する特徴として、最近気がついたのはこの国におけるエンタメのあり方です。

このほど2年半ぶりにイタリアへ戻り、今から15年前に日本へ引率した11名のイタリアおばちゃんの数人とも再会する機会があったのですが、私の顔を見るなり「来年か再来年にはまた日本に行きたいわ。あんた、またアテンドお願いね！」などと頼んできました。過去の彼女たちとの惨憺たる旅行を思い出し、そのひとことで瞬時に胃酸の分泌を感じた私ですが、「なぜそんなに日本に行きたいんですか」と聞いてみると、「だって、毎日楽しいことだらけじゃないの！　レストランはあんなにいっぱいあるし、東京ではコンサートのようなイベントだらけだし、デパートも何もかも人々が楽しめる場所がいっぱいあるもの」。

たしかにイタリアではローマやミラノのような都市ですら、日本のように年がら年中イベントをやっているわけではありません。特に8月の夏休みになれば街は砂漠と化し、人々は皆海や山で過ごすようになります。

片や日本に戻ってくると、日本はコンサートも演劇も目白押し。例えば、友人の山下達郎さんが69歳という年齢で3年ぶりに全国24都市のツアーを再開していましたが、本人は「老人虐待ツアーだ！」と笑いながらも日本全国のファンのために行脚を続けている。そして、どの会場でもまったく抜かりのない素晴らしいパフォーマンスを展開しているわけですが、その圧倒的なステージとそれを見るために集まった何千という観客を見ていて思ったのは、日本における生きることへの肯定感は、こういったエンタメによって与えられている比重がとても大きい、ということでした。

イタリアでは年がら年中家族が集って大声で話し合い、ご飯を食べ、夜までそうやって過ごしている。日常的なエンタメといえばせいぜい映画でしょう。あとは、街中をジェラートを食べながら止めどもなくぶらぶら散歩して、友人と出会えば長い立ち話をする。イタリアに限らず、今まで暮らしたり訪れてきたりしたどの国でもそんな傾向は強かったと思います。アメリカのシカゴはエンタメのメッカですが、それでもやはり家で集まってご飯を食べておしゃべりをして満足、という人たちはたくさんいました。

そんな日常の家族や友人たちとの接触で生きる肯定感を満たされてしまう彼らにとって、日本ほどイベントの必要性は高くないのかもしれません。そう考えると、日本の人はやはり高度成長期、いやその前からすでに、日頃蓄積するストレスや生きるつらさをエンタメによって解消しまくってきた人種だというように思えてきます。

イタリアは人々が怨嗟《えんさ》を溜める前にすぐに吐き出し、口論し、解消していくのが当たり前の社会ですが、日本の世間体の戒律はそれを許さない。そういったこともまた、こうしたエンタメの発達と大いに関係があるようにも思えてきます。

イベント会場に集まる人たちは、他人同士でありながらもその場ではお互いの嗜好によって結びつき、巨大な一体感を生み出します。そこに発生するエネルギーの強烈さは凄まじいものがあります。メッカへの巡礼者やヴァチカン広場で法皇を一目見ようと集まる何万もの人々と、ミック・ジャガーのコンサートに集まる群衆の生きる喜びと肯定感を求める気持ちには大した違いはありません。そして日本では、その生への肯定を促してくれる燃料供給としてのイベントの必要性が、他国よりも特化して強い。それにはここが特定の宗教意識をもたない国であるということも、どこか関係しているのかもしれません。

「日本」を掘り下げる作業

人生の大半を異文化で暮らしてきた私が、日本と密な関係を築き始めたのは、『テルマエ・ロマエ』のヒットがあったからです。そこで、なぜ日本でこの漫画が受け入れられたのだろうと考えました。

夫はこの漫画をナショナリズム的作品と捉えていますが、実際『テルマエ・ロマエ』の多くの読者は「日本ってこんなにすごい国なんだ」と、古代ローマ帝国に自分たちの風呂文化が影響を及ぼすという展開に、日本国民である自尊心を高められるような好感を覚えていたようです。読み方は人それぞれですが、実は私はまったくそれを意識せずに描いていました。むしろ、2000年前に高度な文明を築いていた古代ローマのすごさを描いてみたかったのが正直な動機です。にもかかわらずそういう内容になったということは、やはり自分のなかに内在していた日本文化への誇りの顕在化とも捉えられるでしょう。

今回のパンデミックによる長期滞在も私自身が望んだ展開ではなかったものの、日本との関係が段階的に深まり、それまでとは違う次元で日本を考えるようになってきました。

とりわけ今、関心があるのは、「日本という島国のコミュニティ」についてです。

日本は四方を海に囲まれた島国です。そのおかげで明治維新以前は、外敵の侵略を含め、異文化が闖入《ちんにゅう》してきたのはせいぜいキリスト教宣教師の渡来やペリーの黒船来航でした。絶えず外敵に晒され、多文化の流入に慣れざるを得なかったヨーロッパの人々とは、決定的に違う地理条件をもっています。また、外に逃げようのない島国で、突発的な自然災害と背中合わせの状態で自然と共に暮らしてきた。いつ天変地異で命を失くすかわからない危機感を常に抱えてきた国という要素も、日本特有のものでしょう。

そうした土壌環境で、私たちの先祖は群れとして生き延びるために様々な制度や戒律、倫理といったものをつくりだしてきました。カネッティも指摘していますが、群衆の在り方や特性はその土地によって異なり、それに連動するように、統制する側の権力も群れに即したものが形成されます。日本の場合で言えば、例えば、卑弥呼のようなシャーマニズムが司る政治体系や神道という宗教もそうです。そのような経緯を経て、群れの存続のために最終的に到達したものの一つが、日本の民族性を重んじる愛国精神だったのではないでしょうか。

多文化が混在する西洋社会では極端なナショナリズムや保守性は敬遠されますが、どうも日本の愛国精神はそれらとは趣が違います。歴史や地理的な背景、気候風土といったことを鑑みて捉えなければ、その本質や意味づけを見誤ってしまうと、今は感じています。

さらには、日本が農耕社会であることも重要なファクターです。地政学的にも日本は狭い島国であり遊牧民が生まれるような環境ではありませんから、作物を得る土地への定着は必然でした。そしてそこで形成される村のような小さな単位のコミュニティにも小規模のナショナリズムが芽生え、そのなかで世間体や村八分などの戒律のシステムがつくられていくようになりました。

村八分については地理的条件が大きく関与したと思います。これがもし、広い大陸での話であれば、村八分を受けても国境を越えて別天地を求めて移ることができます。しかし、日本の場合は簡単に移住地を変えられない。ほかの集落へ行っても新参者がそこで受け入れられることは難しいでしょうし、気兼ねなく暮らせる場所を探そうにも、島国ですから探す範囲にも限りがあり、最後には崖から海に飛び込むしかなくなります。

こうした島国特有の条件下で日本人たちは、人々を統括し、国家を成り立たせる方法論を長い月日をかけて編み出した。その分、斬新な考え方や異なるルールが外から持ち込まれること自体、コミュニティの倫理を崩し、遺伝子の存続を危うくするものと解釈されるようになるわけです。村、つまり一つの社会組織を守るためには、村八分もやむを得なかったと考えることもできるでしょう。

近代以降、日本には様々な西洋的な思想や考え方が入ってきていますが、あらゆる局面でもともとあった日本的な処理が加わり、独自のものが生まれているとも言えます。この数年、そのことがよくわかりました。普遍的な軸を残しつつ、世界とこれだけつながった日本の精神性は、これからどのように変化していくのか、冷静な視点を保ちつつ見守っていきたいと思います。

価値観の差異との共生へ

中東に住んでいたとき、死海の縁を車で移動しながら「この地で唯一の絶対的な神をもつユダヤ教、キリスト教、イスラム教という3つの大きな宗教が生まれたのは至極納得ができる」と感じました。ただただ強い日差しに照らされて、水も木々もない砂漠が延々と続くなかにいると、死の気配は否が応でも付き纏《まと》い、生き延びたければ絶対的な何かにすがりたくなる。宗教が生まれるその背景には、やはり生きることへの苦悩が必然としてあるのだと思います。そして、そこにはそうした思想や神の教理を伝えてきた救世主や布教者の存在がありました。

西洋諸国は絶対的な存在を頂いた宗教が社会の軸を成している国々の集まりです。だからこそ、権力をもつ一人の強いリーダーを自然に受け入れる社会になったのでしょう。対して日本は、八百万の神が息づく国です。一人の武将が群れを統括したり、一人の天皇を崇拝することはあっても、西洋式に一人のリーダーが国の政治を牽引するスタイルは馴染みにくいのかもしれません。

明治維新以降、世界への門戸が開くなかで、日本にはあらゆる西洋式の政治のシステムが導入されました。イギリスやドイツを見習い、より良い日本という国家をつくり上げていくために、多くの日本人が勤勉に様々な試行錯誤を行ってきましたが、それから実はまだ150年ほどしか経っていません。歴史的な時間に換算すると実はごく短い期間に起きていることです。

つまり、日本の民主主義はまだその試行錯誤を繰り返している段階で、成功か失敗かの結論にまでは達していない。民主主義の起源をもつ古代ギリシャの人々が「群れを統括するリーダーには修辞性、言葉の力が大事だ」という境地に辿り着いたのも、そこに至る長い年月の間に、様々な経験を踏まえてのことだったはずです。何百年もの間受け継がれてきた丁髷《ちょんまげ》を散切《ざんぎ》り頭にしたところで、人間の中身まで西洋に同化できたというわけではありません。

実際のところ、西洋的な近代化に伴って日本に取り入れられた社会制度のなかには、旧態依然としたままで、今の現実に追いついてない部分があります。

その一つの例として、10年ほど前の私の経験をお話ししましょう。

夫がリスボンからシカゴに赴任する際、法律の壁に阻まれて、非嫡出子である私の息子をアメリカに連れていけないということが判明しました。国を跨《また》いで子どもを育てていると、シェンゲン協定やハーグ条約などの法的な規制が関わってくることがありますが、このときは当時住んでいたリスボンのアメリカ大使館から、「実の父親の承諾書がなければ、お子さんは入国できません」と言われたのです。未成年だったデルスがアメリカに行くには、音信不通になってしまった生物学上の父親の承諾を取れ、ということです。

そこでベッピーノが先に単身赴任をしている間に法的な手続きを整えようとしたのですが、これが困難を極めました。

日本の場合、非嫡出子は自動的に母親が親権をもつので、生物学上の父親の許諾が取れなくても渡航は許されるべきではないかとアメリカ大使館に相談をもちかけたところ、先方からはそれを立証する文面を用意してほしいという返事が戻ってきました。そこで日本の国際法や家族問題を扱う弁護士何人かに相談をしてみましたが、そんなことはやったことがないと断られてしまうばかりで、なかなか手続きを前に進めることができません。

仕方がないので日本に暮らす友人に頼んで法務局に事情を話してみたところ、私が民法から該当項目を見つけて抜粋したものに「正しい」か「正しくない」という返答であれば受け付けられる、ということでした。要するに、法務局としては私の求める文面を用意することができないが、こっちの提示する質問には答えられる、ということです。

早速自分で非嫡出子についての民法を調べたところ、驚くべき事実が判明しました。２００９年当時、日本の非嫡出子関連の法律はすべて「妾の子」を想定したものだったのです。要は明治時代に成立した法律がほとんどそのまま使われていました。呆れて開いた口を閉じるのを忘れそうになりながら、それから何度も法務局とやりとりをし、私の書いた文面の項目すべてに「そうです」とだけ返事をしてもらった翻訳を届けて、ようやくアメリカ大使館から入国許可をもらうに至ったときには、この問題で動き始めてから2年の月日が経っていました。

シングルマザーやシングルファーザーは、その頃日本でもすでに珍しくない存在でしたが、先進国の一員だと驕ったところで、現代社会に追いついていない側面がこんなところからも露呈されたのです。

その後、民法の改正はあったようですが、もしかすると、ほかにもマッカーサーが来た時点から変わっていない社会制度が山のようにあるのではないでしょうか。経済やテクノロジーの発展に邁進したところで、国の土台となるものの更新がこんな在り様では、心許ない砂上の楼閣のようです。

ただ夫に言わせると、「欧州だって、実際はいろいろ追いつけてない。そういう意味では日本と同じ」とのことでした。たしかにEUをつくってみたところでイギリスは離脱していますし、スペインやイタリアでも地域分割を推奨する動きが活発です。でも、彼らにとってはこうした顛末も、もう何世紀も前から繰り返されている事象の一つなので、それほど神経質にもならないのでしょう。しかし、西洋式に倣《なら》って今の国家を象ってからまだ150年ほどしか経っていない日本にとっては、踊ったことのない踊りを「一発で成功させろ」と無理を言われているような状態だとも言えます。

私たちの次の課題を考えるとすれば、日本という国土と国民の性質や特徴を根底から踏まえ、その上でいかなる新たなレイヤーが重なってきたとしても、しっかりとそれらを連結させた判断と行動を取れるかどうか、ということになるでしょう。だったら西洋諸国が日本的な性質を理解できる寛容性をもてばいいだけじゃないか、と思う人もいるでしょうけれど、どっちが誰を理解して理解されて、などとやっていてはいつまでも埒《らち》が明きません。

人間は大きく括れば皆地球という惑星の住民です。「皆仲良く手を取って頑張りましょう」なんて不自然極まりないことは、所詮できるわけがないので一抹たりとも思いませんが、価値観が統括できなくても、共生に対する心構え一つでも何かは良い方向に変化していくはずです。

ダイビングなどで海に潜ると、あらゆる生物が目にとまります。泳ぎ続けなければならないマグロのような回遊魚もいれば、ウツボやタコのように自分の居場所にじっと生息している連中もいる。珊瑚礁には数えきれないくらいの種類の魚たちが泳いでいますが、「おまえらの生き方間違ってるから、俺たちに合わせろや」みたいなやりとりがなされている気配はありません。海のなかでしか生きていけない彼らはあれだけ多様でありながら、皆共生を果たしています。昆虫だってほかの動物だって同じです。

たしかに人間は生物世界において最も支配欲が強い生き物ではありますが、その業が人類全体の命取りにもなり兼ねなくなる場合もある、ということを、もっとしっかり自覚しておくべきかもしれません。

第4章

知性と笑いのインナートリップ

ドリフは世界に通じるクールジャパン⁉

「刑務所に、差し入れをもっていく人の気持ちになってきたよ」

日本に長く逗留することになった私に、お勧めの映画や本を見繕って送ってくれていた友人の一人が、ふとそう漏らしました。

監獄に収監された人が熱心な読書家になり、非常に博識に……という話を聞きますが、私にも似たようなことが起きたのです。もっとも私の場合は本も映画ももともと親しんできたものですが、今回、友人が提供してくれたのは主に日本のものでした。世界中を動き回る私がもち帰ってくる情報を楽しみにしてくれていた人たちが、身動きできずに鬱々としていた私を救おうと、〝差し入れ〟を始めたというわけです。利他精神に溢れた、奇特な人たちです。

そうして届けられたDVDのなかに、1970年代後半から放映されていた『ドリフ大爆笑』がありました。何巻もまとめて観ているうちに、なぜ当時、自分がこの番組を好きだったのかがよく見えてきたのです。

ザ・ドリフターズの番組を観ていたのは、仕事に出かけた母の留守中でした。母がバラエティ番組を毛嫌いしていたからです。妹と二人だけの寂しさからテレビはつけっぱなしにして、ドリフのほかにも、夜9時からのロードショー番組で映画を観ていましたね。母の帰りが遅いときは、その後の『11PM』も。大橋巨泉さんの軽妙洒脱《しゃだつ》な司会を面白いと思う子どもでした。

子どもの分際で、たくさんの映画や大人向けの深夜番組を観ていたことは、私の成長を大いに促したと思います。あの頃はまだ、テレビで女性の裸といったエロティックなシーンが普通に観られていた時代です。人間の裸が、深夜とは言えタブー視されていなかったのは、幸せなことだったなと思うことがあります。

ドリフは子どもに大人気でしたが、コントの内容は大人が楽しめるものでした。妻が帰ってきた夫に、「ご飯にする？　お風呂にする？　それともア・タ・シ？」と聞いたり（笑）。その艶っぽい定番のセリフを、子どもたちが学校で真似していたんですね。

『ドリフ大爆笑』をあらためて観て気づいたのは、「もしも」シリーズのコントが〝予定調和〟に対する揶揄だということです。「もしもこんなタクシードライバーがいたら」と繰り広げられるコントは、〝タクシーの運転手さんなら普通こうだろう〟という一般的な刷り込みを覆すような行動を取る人物例が何パターンも登場し、笑いを誘っていたのです。

例えば、「もしもこんなお寿司屋さんがあったら」のコントは次のような具合です。

仲本工事さんが店主役を務める回転寿司屋に、客の長さん（いかりや長介）が入ってきてカウンターに座ると、寿司がどんどん流れてくる。そのなかに、「うちのガキのいたずらで」とカブトムシやカエルなんかが紛れ始め、挙句の果てに、いたずらの張本人の少年に、和服に割烹着姿で正座する店主の妻までが回転ベルトの上に並んで出てくる始末。

この妻を演じているのが由紀さおりさんで、飄々とした演技がまた絶品です。「まぁ、いらっしゃいまし。家内でございます。お騒がせしてすみません。どうぞゆっくり召し上がってくださいまし」と上品に長さんに言ったそばから、子どものほうに向き直って「こらっ、ヨシオ！」と叱りつける。再び寿司と共に現れたときには、「ここで遊んじゃいけないって、何度も言ったでしょ！」と流れていくターンベルトの上で男の子のお尻をペンペンしているという、洒落《しゃれ》の度合いがハンパありません。

また違うシチュエーションでは、志村けんさんが「うちは精力寿司屋でよ」とマタギのような店の主《あるじ》に扮しています。お疲れ気味の長さんに、マムシが入った酒や精力強壮剤のようなネタを次々に出しては、「効きますよ。これ一つでバチーン！」と男性の精力が増大することを請け合う。「私も食べてる。ほら」と作務衣の胸元を広げると、肩には大きなひっかき傷があります。「夕べ、女房が」というわけです。オチには常連客と思《おぼ》しき加藤茶さんが入ってきて、「いつものね。いやぁ、若い女房もらってね。もう毎晩。これが効くんだ〜」とシャツの胸元を広げれば、彼にも妻に付けられた爪跡が……。

今どきの子どもたちにはひっかき傷の意味はわからないかもしれませんが、今もこんな笑いがあればいいのにと思うことがしょっちゅうあります。定型に収まらない人々が次々に登場し、何事も私たちの思い通りには決してならないことを笑いにまぶし、指し示す。最後にリーダーの長さんが言う「だめだこりゃ」の決まりゼリフには、現実への認識と諦観が滲み出ているかのようです。

「こんなもんだろう」という世間の思い込みを裏切り、それが笑いに落とし込まれているという展開の素晴らしさ！「自分たちがこうだと信じ込んでいるものがそうじゃなかったらどうだろう」と考えられるのは、フレキシブルな知性、そして想像力の賜物です。子どもと大人が一緒に観られる時間帯に、こんな番組がテレビで放映されていたことにつくづく感慨を覚えます。

長引くパンデミックのなかでは、世界中が笑いに対して消極的になっていたように思います。まるで洒落にして笑うことを嫌っているような。それこそ「こんな時期に笑ってる場合じゃない」という、目に見えない世間体の戒律に縛られていたのかもしれません。しかし本来は、視野が狭窄的になっているときにこそ、人間に笑いは必要です。笑えるゆとりを失ったら最後、行き詰まりから抜け出せなくなってしまいます。

ドリフのコントは、今に思えばテレビ用とは思えないほど大掛かりな舞台装置のものもありましたし、ジュリー（沢田研二）や松田聖子さんなど当代の人気者たちが体を張った演技で参加するといった贅沢なものでした。正直、あの笑いのセンスは、世界に通用するものだとも思います。イタリアはもちろん、モンティ・パイソンが好まれるイギリスでも通じるんじゃないでしょうか。インドやアジア圏や南米などでも大いにウケそうですが、イスラム圏はちょっと難しいかな……。

何はともあれドリフこそ、日本が誇る「クールジャパン」だと言えるのではないでしょうか。

裏切りと成熟とエンターテインメントと

世間一般で当たり前と思われていることを覆し、それを洒落にする。そんな笑いが通用するのは、その社会にゆとりがある証拠です。

今の日本のエンターテインメントの世界では、ドリフの時代とは笑いの質が違うものになっているようです。特に社会を風刺するような笑いは、メジャーなメディアではほとんど見かけません。例えば、政治家のパロディ一つとっても、言動を真似るなどで政治家を風刺しようというコメディアンはどれほどいるか。かつては子どもたちまでもが「まぁ、その～」と一国の首相である田中角栄の真似をして、ゲラゲラ明るく笑っていたものでした。現代で思いつくのは、清水ミチコさんぐらいでしょうか。小池百合子東京都知事の真似は、非常にクオリティが高いと思っております（笑）。

アニメーションの世界でドリフの笑いに通底するものを挙げるなら、私がいちばん好きなアニメーターであるテックス・アヴェリーの作品ですね。彼はバッグス・バニーやドルーピーといったキャラクターの生みの親で、１９４０年代、50年代を中心にアメリカで人気を博しました。日本でも、『トムとジェリー』と一緒に彼の作品がテレビ放映されていた時期がありましたから、記憶にある人も少なくないのではないでしょうか。

アヴェリーの作品には、シニカルで歪曲《わいきょく》した笑いがあり、やはり人間や社会への風刺が多分に盛り込まれています。時には、愛されキャラクターであるはずのバンビや赤ずきんちゃんをパロディ化して、「あなたたちが美しい物語と信じたいのはわかりますが、例えばこんな展開もアリでしょう」と、価値観を揺さぶるようなことを提示してくる。そんなところに私は惹《ひ》かれるわけです。

同じアメリカのアニメーションでも、ディズニーはまったく趣を異にします。ディズニー作品に感じるのは、ピューリタン（清教徒）的な道徳意識の強さですね。何が善で何が悪で、さらには何が楽しいかといったことが、ディズニー作品のなかではすべて決められた上で提供されているように思います。

アメリカは歴史の浅い移民国家です。異なる宗教、異なる歴史。あらゆる背景をもった人々をまとめるには、拘束力の強い倫理観が切実に求められるところだったと思います。そこで為政者たちは、キリスト教的倫理に根付いたアプローチによってアメリカ式政治をつくり、国を束ねていった。ディズニーがそんな背景のなかで生まれたのだと思うと、その特徴にも納得がいきます（先述のエンタメと群衆統括にも通じる部分でしょう）。

表現に込められる思想や視点に制限をかけ、人々の視野を狭めたほうが、人間という群れを統括しやすくなります。その意味では、ディズニーアニメが表現する一途な倫理観は、人間的感動が目一杯演出されていると同時に、非常に侵略的なものとして私には感じられるのです。どの作品をとっても国境を超えて、全世界の子どもたちが感動するようにできています。荒唐無稽なギリシャ神話ですら、キリスト教的なハッピーエンドで締め括られるようにつくり替えられていますが、それを見ることで世の人々は無意識のうちにディズニー的倫理で物事を見るようになっていくのです。

しかし、アメリカはこのディズニー的倫理のみ人々に強制しているわけではありません。この国のエンターテインメントの世界が成熟していると思うのは、ある意味でアニメの王道のような感動を連発させるディズニー作品が席巻すると同時に、人々が信じていたものの裏面をあえて引き出すアヴェリーのような表現者にも、メジャーな場での活躍を許しているところです。これがイスラム圏のように宗教的な戒律が非常に厳しい国々になると、人々の信念を覆すような表現は概して疎まれます。共産圏や独裁政権国家もそうですよね。中国のような全体主義体制の強い国家に対しても同じことが言えます。

民主主義的社会では、ディズニーのようなエンターテインメントと、『ドリフ大爆笑』やアヴェリーのようなユーモアが共に創出され、人々にはそのどちらもの世界観の共有も許されるのです。実際にヨーロッパでは、ディズニー映画がヒットする一方で、テレビ番組などを観ていると予定調和を裏切る社会風刺的な笑いも親しまれていることを感じます。

人間も社会も、批判がなければ成熟はしません。批判がなければ、自分たちのことを客観的に見られずに、間違っていることをしていても気づかなくなってしまいます。成長の機会を逸しているんですね。

社会を健全に保つ意味で、風刺や批判を笑いに落とし込めるエンターテインメントは欠かせないものです。また笑いの質は、その社会の成熟度の指標にもなります。社会への風刺的な笑いのジャンルが活性化されていない日本の現況は、実は私たちが感じている以上に大きなリスクを孕んでいるのかもしれません。

落語に宿る、批判と笑いの精神

批判精神のある笑いが日本にはもともとなかったのかと言えば、そんなことはありません。

江戸時代につくられた落語の古典もの、市井の人々を題材にした人情噺などを聴けば、批判も風刺もしっかりと笑いに盛り込む文化があったことがよくわかります。

〝古典芸能〟と言うと、どうも一般に浸透しにくいという傾向が今はありますが、それは非常にもったいないことですね。落語にもドリフ同様、「世間一般にいいとされるものも、違う角度から見れば実はそうじゃない」という視点があり、小気味良くも豊かで振り幅の広い世界観が培われています。笑いのベースに客観的な人間観察がしっかりとなされているのも、大きな魅力だと思います。

私はよく飛行機などでの移動中に落語を聴いていましたが、日欧間の長距離移動をしなくなった今は、動画サイトやＤＶＤで聴いています。落語の良さは噺の面白さに耽溺《たんでき》できるだけではなく、あの巧みな話術を頭のなかに染み込ませることで、それまで混沌としていた自分の考えを瞬時に言葉に換えるスキルを高める効果があります。人の声による音楽的なリズミカルさは心地いいですし、洒落や冗談が自然な形で話のなかに溶け込んでいるのも、頭にとってとても良い刺激になります。

好きな噺はいくつもありますが、そのうちの一つ『文七元結《ぶんしちもっとい》』は、博打好きの左官、長兵衛というダメダメな主人公が登場する人情物語です。

長兵衛はお人好しながら、身ぐるみ剝がされて賭場から追い出されるような男。その借金の返済にと、親孝行な娘が吉原に自分の身を売って50両をつくります。ところが長兵衛は、その大金を偶然出くわした男の命を救うために渡してしまう。男は商家の奉公人で、集金した50両をすられ、「死んでお詫びを」と身投げしようとしていたのです。

噺家の巧みな話芸で、全員が報われるハッピーエンドまでぐいぐい引き込まれるのですが、特に面白いと思うのは、お人好しな長兵衛の行動に見る、「家族であろうと他人であろうと、命の尊さは天秤にかけられない」という倫理観。多少江戸っ子気質を膨張させた噺になっているとは言え、どのみち日本独特の解釈だと思います。

『三枚起請《さんまいきしょう》』も面白いです。吉原の遊女が、年季明けに結婚するという契約を3人の男と交わした顚末を描いた作品で、女の底知れないしたたかさとそれに翻弄される男たちの姿がよく捉えられています。騙されたとわかれば普通は「なんだと！」と激昂するものかと思いきや、「よし、3人で女をぎゃふんと言わせよう」と男たちが共謀するのです。しかし、女も負けちゃいない。その洒落の利きっぷりが痛快です。

『文七元結』も『三枚起請』も、人間のダメな部分や滑稽さを大らかに笑い飛ばしていて、かつてはそんな社会があったのだなと、何やらほっとするところがあります。飲んだくれたり賭博癖から抜けられなかったり人に裏切られたり裏切ったり、所詮人間なんて失敗もすれば、裸にもなる生き物なのです。

そんな人間のダメさをさらけ出していた落語の世界とは違って、今日の日本では人間のことを理想化し過ぎたり、美化し過ぎたりしているんじゃないかと思わされることが度々あります。例えば、親も学校も子どもに、生まれてきたからには自分を一生懸命に磨いて立派になりなさい、という人間としての理想像みたいなものをそこはかとなく押し付けてくるものです。子どもたちは皆、自分たちが生まれてきたその意味を、社会的評価という結果で立証せねばならない、という気負いを抱えながら育っていきます。そんな社会的な傾向が、笑いの質の変化に表れているのかもしれません。

人間を美化することは、すなわちあらゆる社会の現実から目を逸らすことです。その結果、人間は自分を客観的に見る機会を失い、益々脆弱化してしまいます。

いったいいつから、日本人は等身大以上の何者かにならなければならないと、自分を美化して考えるようになったのか。落語を聴いていると、江戸の人々は「それは俺が悪かった」と自分の非や情けなさを素直に認めますし、「あれはお代官さんがいけねぇや」とお上にも遠慮や忖度がありません。明治維新によって洋服とブーツに着替えたあたりから、日本人は背伸びをし始めた気がします。

日本の近代は、西洋と肩を並べるべく山高帽とシークレットブーツで必死に身の丈を大きくしようとし続けてきた歴史のように私には見えてしまいます。そうして発展した社会には、無理の蓄積による歪みがどうしたってあるものです。そろそろブーツを脱いで、日本らしさと向き合って、等身大で歩くことを始めていいのではないか。

本当は立派なスーツよりも、時にははだけた浴衣姿に草履のほうがもっと生きるのが楽な場合もあるはずだと思うのです。落語を聴いていると、「そんな暑っ苦しい甲冑なんて大した意味なんかねえんだから、さっさと脱ぎ捨てちまいな」と言われているような安堵をもたらされます。

『ノマドランド』がくれた救い

楽しみにしていた外出を感染の広がりを考慮して諦める、といったことを、読者の皆さんも経験されてきたことと思います。私も子ども時代を過ごした北海道に行き、高齢の母と妹に会いたい、大好きな温泉に入りたい、と計画しても、なかなか実現できずに長い間過ごしました。

しかし、抗っても仕方がない。移動できずにいる私の状況を〝刑務所にいる〟と表現した友人がいましたが、たちどまっていたらそれなりに、移動ばかりしていたときには向き合えなかった様々な気づきや発見がありました。私にとっての旅は価値観の多様性を実感するための手段でもありましたが、物理的に国境を越えるほどの移動をしなくても、自分の頭や心の代謝を促す面白いことや発見はいくらでもあることに気づかされました。

本を読み、音楽を聴き、映画を観る。インナートリップの手段はいくらでもあります。考えてみたら、海外へ移り住む前の私だって日々インナートリップ三昧でした。学校が終われば図書館へ行って本を借り、家では絵を描いたりピアノを弾き、外では昆虫採集に明け暮れる。それで十分満たされていたあの頃を取り戻せばいいだけだと思うようになっていきました。

とにかく映画は数えきれないくらい観ましたが、そのほとんどが戦前・戦中・終戦直後の古いものばかり。価値観の変化というのは横軸移動だけではなく、時代を遡る縦軸への移動でも十分実感できるものなのです。

新しい映画も、時々コメントを依頼されるので見ることがありますが、近年で特に印象的だったのは『ノマドランド』でした。この映画は私に大いなるインナートリップの機会を提供し、新たな気づきをもたらしてくれた作品です。2020年ヴェネツィア国際映画祭の金獅子賞、2021年の米アカデミー賞の作品賞、監督賞（クロエ・ジャオ）、主演女優賞（フランシス・マクドーマンド）の3冠を獲得し、パンデミック下でも話題となっていました。

主題として描かれているのは、リーマンショック以後にアメリカで増えているという「現代のノマド（流浪民）」の生き方です。彼らは家をもたずにキャンピングカーなどの車上で暮らし、季節労働で収入を得ながら各地を転々として生きていますが、フランシス・マクドーマンド演じる主人公のファーンもその一人で、夫に先立たれた上に企業の破綻で住み慣れた街ごと閉鎖され、少しの思い出の品を積んだバンで寝泊まりして、アメリカの大地を旅する生活を続けています。

資本主義の先進国であるアメリカの現実、しかも主流からはじき出された人々の実像を丹念に捉えた作品なだけに、様々に論評されていますが、私が最も感じ入ったのは「家を構えて家族と一緒に暮らすのが当たり前」であったり、「家族というものは絶対的な人間の幸せ」という従来の価値観を覆し、人間の生き方が多様であることを実直に描いているという点です。ファーンが車の駐車地で焚き火を囲んで交流するような人たちに、実際のノマドたちが実名で出演していることも、作品に説得力と深みを与えています。

ファーンは作中、「放浪をやめて、ここに住まないか」と2度、定住と帰属の誘いを受けます。その度に「ああ、これで安心だ」と心優しい観客は老齢に差し掛かった彼女の身の安全の確保にほっと胸を撫でおろすことでしょう。そこには、従来の幸せの価値観が守られた顛末への安堵も含まれるかもしれません。けれどファーンは、そんな観客の安堵など顧みず、どちらの申し出も拒絶します。

愛する夫も職も失った彼女には、人間がつくった定型の生活様式に戻って、周囲と同じ鋳型に自分を嵌《は》めて一つの社会に属することに、意味も魅力も見出せないのでしょう。ましてや、自分の姿を映す鏡も寄り掛かる人間社会の壁も必要ない。時に車中で忍ばなければならない厳しい寒さや雨風を含めた地球の大自然の鼓動を感じ、何者にも依存せず自分の命を自分で守るという自由と孤独を謳歌する生き方を選択します。

誰にも帰属せず生きることに幸せを感じる人がいることは、周囲に同調できない自分を絶えず感じ、そのわけを分析し続けてきた私も、身をもって実感することができます。この映画が発する「幸せの形は一つではない」というメッセージは、少なからず疲弊していた私の心にも救いとなりました。

ノマドたちはそれぞれに、愛する人を失った悲しみや喪失感、社会における不条理や理不尽といったつらい経験を、その人生で重ねていました。そうした厳しさを通してしか得られない感性の美しさや奥深さ、そして心の強さも、彼らのなかに見ることができます。

コロナ禍をきっかけに、経済生活、家族の在り方、生き方そのもの……といった根幹に関わる価値観を揺さぶられるような不条理が、世界には横溢《おういつ》しています。そんなときに『ノマドランド』のような生きることの本質的な問いを投げかけてくる映画を観たことは、大きな意義があると思っています。

往年の西部劇にハマって得た気づき

私に気づきをもたらしてくれたという意味では、ウェスタン映画、いわゆる開拓時代のアメリカ西部を舞台に繰り広げられる「西部劇」にも言及したいと思います。

正直なところ、これまで西部劇にはそれほど興味がなく、セルジオ・レオーネが手がけたマカロニ・ウェスタンは別として、本国アメリカでつくられたものは、どちらかと言えばどれも同じような内容の退屈なジャンルだと思っていました。にもかかわらず観始めたのは、やはり映画好きの友人の勧めがきっかけです。先入観を打破できそうな何作品かを勧められるままに観てみたところ……。めちゃくちゃハマりました（笑）。食指が動かなかったタイプの映画や本にも手が伸びるようになったのは、パンデミックでインナートリップの必要性がそれまで以上に増したがためですね。

なにしろ未見の分野でしたから、山のようにたくさんの作品を貪りました。ジョン・フォード監督の『駅馬車』（1939年）や『荒野の決闘』（1946年）に始まり、ハワード・ホークス監督の『赤い河』（1948年）や『リオ・ブラボー』（1959年）など、サイレント映画も含めそれこそ片っぱしから観まくりました。そこから『怒りの葡萄』（1940年）や『タバコ・ロード』（1941年）といった、西部劇以外の白人移民労働者の実情を辛辣《しんらつ》に描いたフォード作品にも興味が広がっていきました。日本映画にも共通しますが、第二次世界大戦を挟んで、どちらかと言えば慎ましさが主体だった戦前と巨額の製作費が当たり前に投じられるようになった戦後では、映画の志向性が画期的に変化していくのがよくわかります。

西部劇に登場するのは、開拓者たちとその周辺の人々です。荒涼とした大地という地球で生き延びていくことへの人間の執着心をまざまざと痛感したこともさることながら、アパッチ族などの襲撃や流れてきた無法者たちから開拓した土地と家族を守ろうとする頑《かたく》なな姿勢に、アイルランド移民の子であるジョン・フォードのカトリック的解釈が強く感じられました。イタリアという国の歴史を振り返ると、あらゆる侵略と対峙してきたなかでその国土に暮らす人々が身につけたのは、国家という大きな単位での調和よりも、家族という最小単位の結束と守備でした。ウェスタンの世界にも、そのイタリアと共通するものがあることを知りました。

こうした一連の西部劇を毎日観ているうちに、私は自分のなかのもう一つの変化に気がつきました。それは西部という野蛮蔓延《はびこ》る社会のなかで生き抜く人々の逞《たくま》しさ、特にジョン・ウェインなどが演じる男性が魅力的に思えるようになってきたことです。私はこれまでマッチョな男らしさを纏《まと》った男性にはそれほど関心がなかったのですが、ジョン・ウェインの強くて頼りがいがあるのに、どこか物寂し気な表情や所作が何だかやたらと魅力的に見えてくるようになったのです。身近な組織、共同体を守るために自分がもてる精力を最大限に尽くし、奮闘しているのに、本人は孤独。

かつてヒーローと呼ばれるような存在に絶対的に必要だったのは、まさにこうした条件ですが、昨今ではこういう人にはなかなか出会うことができません。『ノマドランド』の主人公ファーンもそうですが、プライドをもって孤独と共生ができている人物は、やはり魅力的なものです。

チャンバラ映画に見る日本の男と女の格好良さ

実は私は17歳でイタリアへ行く直前まで、古い映画に夢中になっていた時期がありました。洋画であれば（デヴィッド・ウォーク）グリフィス監督の作品から、ルイス・ブニュエルのようなシュルレアリスム系の作品など、サイレント時代の映画が大好きでしたが、邦画では伏見直江や大河内傳次郎といった役者に惹かれて、手に入るわずかな資料をあれこれ調べたり、アテネ・フランセのような場所で上映会があれば観に行っていたのです。ただなかなかこの嗜好を分かち合える仲間に恵まれず、その後イタリアに行ってしまってからは私のなかですっかりこんな時代があったことは封印されていました。

それが再びつながったのは、やはりパンデミックを機に始まった友人からの〝差し入れ〟に、無声映画のＤＶＤが入っていたおかげです。それによって、過去の情熱に再び火が灯されました。

驚いたのは、私が17歳だった頃には現存しないと言われていた、大河内傳次郎と伏見直江の両者が出演している伊藤大輔監督の『忠次旅日記　御用篇』（１９２７年）が、いつの間にか一般の民家から発見されていたことです。再着色を施したデジタル復元版を観たときは、心底から感動を覚えました。この二人の役者が出演しているものは『御《お》誂《あつらえ》次郎吉格子』（１９３１年）しか知らなかったのですが、これもまた30年近く経ってからあらためて視聴することができて感無量でした。

伏見直江という女優になぜそんなに惹かれていたのかと言うと、日本で映画が撮られるようになってからそれほどまだ時間も経っていない当時、栗島すみ子や酒井米子のようなどこか奥ゆかしい、可愛らしいイメージの女優が人気を誇っていたなか、この人は毒婦や妖婦などと称されるような怪しい役を、圧倒的な演技力と妖艶さで演じていたからです。ヒステリックに叫んだり、ずる賢かったり、茶目っ気もあるのにどこか物寂しい。美しい顔立ちなど気にも留めずに、平気で変な表情もする。着物の裾など気にせず大股で駆け回ったりもする。その捉えどころのなさも彼女の大きな魅力だと言えます。

伏見さんは、新派の俳優を父にもっていたこともあり、女優という職業が見下されていたような時代に、シェイクスピアの舞台に立っていたほど先進的な人でした。さらに驚いたのは、彼女が子どものときに踏んだ初舞台がシチリアの作家ルイジ・ピランデッロの戯曲だったことです。ピランデッロは映画『カオス・シチリア物語』の原作を書いた、私が大好きなイタリア人の作家で、ノーベル文学賞も受賞していますが、日本ではそれほど知名度は高くありません。ですが、かのSF文学の大家である小松左京氏も京都大学でイタリア文学を専攻していたときの論文がピランデッロだったとのことで、実は戦前戦後くらいまでの日本では今よりポピュラーな存在だったようです。

高校生の頃古い日本映画の資料を探すために時々神保町の古書街を彷徨《ほうこう》していましたが、つい先だってあらためて出かけた古本屋で、伏見直江と妹の信子が表紙になっている1928年の『アサヒグラフ』を見つけて歓喜し、速攻で購入。10代の頃の興味がすっかり甦ってしまいました。当時の記事によれば、伏見さんは共演者だった大河内傳次郎さんと付き合っていたものの、残念なことに母親の反対を受け、二人の恋は成就しなかったということまでわかりました。だから何なんだ、という話ではありますが、時代を超えたゴシップはなかなか面白いものです。

大河内傳次郎も、大好きな映画俳優ですね。阪東妻三郎や嵐寛寿郎、長谷川一夫らと並び、戦前を代表する時代劇のスターとして、男女問わず観衆を熱狂させました。丹下左膳役が有名ですが、その演技も伏見さん同様に定型に属さないもので、〝型破り〟と言われるようなものでした。たしかに、疾走感溢れる立ち回りなどを観ていると、俳優でなくミュージシャンであっても人々の憧れを集めただろうと思うほど、内側から魅力を放っています。日本映画の黎明期に、あれほどのカリスマ性を発揮する演技ができたことにも尊敬を覚えます。まさに日本の大スターでした。

私は男性の格好良さは、繕っていないところにあると思っています。如才なく振る舞えることより、興味のある一つのことに集中的に走っていってしまったり、ついついマニアックな部分が垣間見えてしまうのが、男性の正しい形ではないかなと。逆に、自分のパブリックイメージを意識して格好をつけている男性は苦手ですね。革靴を靴下を着けず裸足で履いていたり、首に巻物をしている日本人男性は私にはダメです。イタリア人でも格好をつけ過ぎている男性はちょっと……。イタリアのマンマたちも息子や夫のシャツの胸元がはだけていると、ランニングシャツをちゃんと着て、と叱咤します。

その点、傳次郎の格好良さは何気ない。普通に浴衣を着ているだけでも決まっているのです。着流しを裾から腰に捲《まく》り上げているような姿にも、日本の風土に似合った男性のスタイルがあるのだなと感じさせられます。

京都の嵯峨野《さがの》には、傳次郎の別荘だった大河内山荘が今もあります。私も京都に仕事で行ったときに、大河内傳次郎が誰だかわからないという若い人たちを巻き込んで、訪ねました。彼が心血を注いでつくった見事な日本庭園を散策できる場所になっています。

大河内傳次郎の現存する限りの映像を見終えたら、今度はバンツマこと阪東妻三郎の作品を片っぱしから見始めました。阪東妻三郎は２０２１年に亡くなった田村正和さんのお父さんですが、大河内傳次郎と並んで大きくて、奥行きの深い演技力をもった役者でした。微妙な心情描写という点では群を抜いているかもしれません。時代劇もいいのですが、『無法松の一生』（１９４３年）や『王将』（１９４８年）などやるせない男の人情を演じさせたら天下一品。そのあまりにも卓越した演技力のせいで、彼が主演の映画を見てしまったあとはほかのどれも物足りなく感じてしまうほどです。私は昨今の若いタレントや歌手、俳優にはまったく興味がないのですが、この時代のスターとなったら話は別です。先述のジョン・ウェインもそうですが、彼らは皆一貫して、強くて元気なのに、どこか繕いようのない寂しいオーラを纏っている。伏見直江もしかり。

パンデミックの最中に彼らの映画をこうしてまたたくさん観ることができたのは、本当にありがたき幸せでした。

戦前の日本とギリシャ神話の類似性

伊藤大輔だ衣笠貞之助だ稲垣浩だのと、彼らの監督した作品を観ているうちに、ふとイタリアでの貧乏画学生時代に学生用の映画館でよく上映されていた小津安二郎をあらためて観てみよう、という気持ちになりました。

まずは、息子のデルスに観せてあげたくなって『東京物語』（1953年）を何十年かぶりに鑑賞。上京した老齢の両親と、東京で自分たちの家庭を構える息子や娘たちとのやりとりを通して、戦前戦後の家族の関係性の変化や体裁を優先した社会が顕れ始める瞬間、世代間の価値観のすれ違いなどを描き出した、不朽の名作とされる作品です。これもやはり私はイタリアで観たのが初めてでしたが、デルスはその真価をしかと受け止めたようで、ここ最近で観たなかでは最高だと絶賛していました。

次に観たのは、私が特に好きな『一人息子』（1936年）という戦前の映画です。それまで無声映画を撮っていた小津が初めて手がけたトーキー作品で、彼が別名で書き下ろした物語が原作になっています。

その物語というのは、信州に暮らす母一人、息子一人の母子家庭の話。夫を早くに亡くしたあと、女手一つの苦しい家計ながらも母親は懸命になって、優秀な息子を大学まで進学させます。そして時を経て、出世しているだろう息子を東京に訪ねたところ、冴えない夜間学校の先生になっていて、知らない間に所帯までもっていた。その姿に失望する母親。しかし最後には、貧しくとも困っている隣人を助ける我が子の温かな人間性を目《ま》の当たりにして、彼女は誇りを胸に田舎に帰る……。

とまぁ、劇的な展開といった派手さはありませんが、小津らしい人間への洞察に満ちたしみじみとした味わいがある作品です。特に母親役の飯田蝶子と息子役を演じる名脇役、日守新一という役者の選択も、この飄々とした物語には当たりだったと思います。

戦時中の作品となる『戸田家の兄妹』（1941年）や原節子を主演に撮った戦後の『晩春』（1949年）、遺作となった『秋刀魚の味』（1962年）など、40年近くのキャリアのなかで小津は、実に幅広い作品をつくっています。それらをまとめて観たことで、日本の社会が数十年という決して長くはないスパンのなかで、考え方や価値観をどんどんと変えていったことがよくわかりました。

戦前の日本は、まだ西洋の合理性を伴う倫理に移行してはいませんでしたから、小津に限らず当時の映画には、「なんでこれがこうなるの⁉」と言いたくなるような荒唐無稽さが物語にあります。登場人物の間に生じる齟齬や無理解が大抵の作品に描かれていて、はっきり言わないがゆえに犠牲になったり、信じ過ぎていたがゆえに裏切られたりといったパターンも目立ちます。身の回りに起きた「我々の世界ではよくあること」が主題になっている感じです。言語化が不得意なために誤解を招いて制裁されるという話の運びは、今の日本人にも通じる特徴だなと思いました。

そうした古い映画を観ていてもう一つ気づいたのは、古代のギリシャ神話の感覚に近い感慨がある、ということです。

ローマ神話にも共通しますが、ギリシャ神話には明確な筋がありません。肉親同士の諍《いさか》いに殺人、浮気、近親相姦など、とにかくしっちゃかめっちゃかな神々の行状が綴られています。要は、人間同士に起こり得ることを神々の物語として可視化することで、「こんなことを起こせば、怒りや悲しみや悔しさといった苦しい思いをするのだな」と、受け止める側の人間が想像力を駆使し、脳で考え、自らの内に倫理や良識を自然と組み立てていく。その装置として神話が機能しているのです。古代ギリシャでは実際に、円形劇場などで上演されるギリシャ悲喜劇がそのように観賞されていました。さすが哲学を基盤にしていた国です。

その意味で、日本の戦前の映画はどこかギリシャ的なのです。この要素は歌舞伎にも共通すると思いますし、人形浄瑠璃や文楽、そして時代劇なんかでもそうです。観客は、身勝手な人間の振る舞いに憤り、虚勢を張る男を哀れに思い、不条理に見舞われる女の身の上に涙し……。「納得のいかないもの」と向き合うきっかけを、提供してくれるものでもあると思います。

戦争を経験し、アメリカの占領を受け、戦後の日本の倫理の在り方は、戦前のそれとは大きく変化しました。戦争を前後に挟んだ古い時代の日本映画のなかに、そのことが鮮明に残されているのです。あの戦争がもたらした意味とは何だったのかと、あらためて考えさせられました。

最強の女が登場する『砂の女』

戦後の文化、なかでも戦争を経験した人たちが生み出した文学には、社会や人間とは何かということを俯瞰した視点をもち、生きるということを実直に捉えた作品が多々あります。その時代の作家たちは、戦争によってたちどまることを余儀なくされ、戦争がもたらす不条理を肌で感じ、終戦後に歩き始めてからも様々な模索を通して悩み、間違いながらメンタリティの修練を重ね続けた。それこそ古代ギリシャの哲学者並みに、その思考や精神を鍛えられていたのだと思います。

安部公房もその時代に連なる昭和の巨星です。フィレンツェで困窮していた若い頃に貪り読んで以来、私はその作品に親しんできました。「この人に出会って良かった」としみじみ思える作家の一人でもあります。

安部公房作品のなかでも傑作と名高い『砂の女』（1962年）は、パンデミックによって自由を拘束されているような今の時代にこそ読んでおきたい小説です。今年（2022年）6月に放送されたNHKの『100分de名著』という番組では、私自身が講師としてこの作品の解析をしました。

主人公の仁木順平は、教師をしている30歳前後の男。昭和30年の夏のある日、休暇をとって海辺の砂丘に新種の昆虫を探しに来たところで、その村落の老人に勧められ、縄梯子《なわばしご》を下りた砂穴のなかにある民家に宿泊することにする。その家には、夫と娘を亡くしたという同じ歳の頃の女がいて、砂を掻く仕事に従事していた。男はすぐに帰るつもりだったが、翌朝には縄梯子が引き上げられていて、砂を運び出さなければ家が埋まってしまうというその砂穴での生活に閉じ込められ、やがて抜け出せなくなってしまう。

ざっとではありますが、そのようなあらすじです。そして、その不思議な設定のなかに、社会の構造や人間の心理が巧みにあぶり出されていて、本質的な意味を幾重にも考えさせる深みのある物語になっています。

昆虫の新種を見つけて、採取者として自分の名前を残したい。仁木順平はそうした承認欲求の持ち主でした。ところが半ば騙されて、日々砂を掻き出し続けなければ生きていけない蟻地獄のような生活に呑まれてしまう。当然、何度も脱出を試みますが、失敗しては村人に救われて家に戻され、同居する女とも関係をもち、最後は縄梯子が下がったままになっていても、その蟻地獄に留まるようになるのです。

安部公房の一連の文学作品には、「壁の外に行こうともがく人」が基本概念にあります。『砂の女』でも、蟻地獄に囚われた男が自由な生活を求めて外に抜け出そうともがく。しかし、もともと砂穴で生きてきた〝砂の女〟にしてみれば、男の行動は滑稽なのです。砂さえ掻いていれば、村民から水や食料といった必需品は支給される。ここでの暮らしのほうがいいじゃないかと。二人は価値観を共有できない。ここに安部公房の問いがあるわけです。

壁の向こう側に行ったところで、果たして人間は本当に自由なのか。壁のなかで適応することで、人間の生命の根源に即した生き方ができるのではないか。

もちろん、安部公房は「砂穴のなかで生きよう」といったことは提唱していません。ただ、自由という概念に対してひどく懐疑的なのです。人間にとって自由とは、必ずしも解放を意味するのではなく、拘束にもなり得る。自由を求めて外に踏み出したつもりが、自分に不要な情報を取り込んで、もがき苦しむことにもなる。蟻地獄を愛郷精神と捉えれば、作品がもつ象徴性がより深まると思います。

現代ではとりわけ、自由という概念が軽々しく考えられていますよね。しかし、自由は両刃《もろは》の剣です。私自身、「自由」や「希望」といった前向きなイメージの強い言葉に無闇に付加価値をつけてもち上げることを否定する発想が、安部公房を読んでいて芽生えました。

その点、蟻地獄の権化のような砂の女は強靱《きょうじん》です。人は多かれ少なかれ、他人という鏡に映った自分を生きているところがありますが、砂の女は誰にも自分を映さないで生きている。周囲は砂しかありませんからね。だから、自由を求めてもがくこともないし、何より彼女は自然の脅威との共生を可能としている、ある意味圧倒的な存在です。

終盤、それまで男を客人として丁寧に扱っていた女が、世間を引き合いに出して砂穴の生活を否定し始めた男に、ピシャリと強く言い放つ場面があります。

「かまいやしないじゃないですか、そんな、他人のことなんか、どうだって！」

男は女の変わりようにたじろぎます。その言葉には最終的には自分、そして自分を守ってくれる村落のことしか頭にない利己的な本質と、それまで男に「すみません、すみません」と謝ってばかりいる謙虚な女の実態が表れているのです。そんな女の強靭な生命力を垣間見たあたりから、男は彼女を差し置いて行動することができなくなっていくのです。

古代ギリシャやローマにおける権力や力の象徴の多くは女神が司っていますし、ヒンドゥーで血と殺戮《さつりく》を象徴するのは、殺した男たちの頭を数珠にして首にぶら下げた、カーリーという女神です。魔女狩りにしても、女性のもつエネルギーや生きることへの執着やしたたかさは、時に脅威を感じさせるものでもあったことがわかります。女性の力を封じる男尊女卑的な社会制度に傾いたその根底にも、おそらくそんな心意的背景があるのでしょう。砂の女の場合、情動的な西洋の女たちと違って、表向きは無力さや無知さをあらわに振る舞っていますが、たったひとこと男に抗っただけで、彼女のなかに潜む脅威が剝き出しになるのです。

人間の生き方は、自由を拘束された壁のなかであろうと、社会に守られている安堵を覚えながら生きる砂の女や、民主主義や自由を求めながら結局苦しみもがいている仁木順平というその二択だけではもちろんないわけですが、群れて生きていればそれでいいだけのほかの動物とも異なります。厄介な精神性を宿してしまった人間は、どの時代にも様々な社会体制のなかで、いかに苦しみを避けて生きていけるのかを模索し続け、これからもそうやって生きていくのかもしれません。

20億年分の未来をSFの金字塔で想像する

安部公房の『第四間氷期』(1959年)や小松左京の『日本沈没』(1973年)といったSF小説を読むと、人間の動向や地球の状況を冷静に洞察する目をもった知の巨人たちの手にかかれば、自然災害によって人間社会がどうなり得るかという未来のヴィジョンすら、説得力のある形にまで推し量れるものなのだなと感嘆を抱かざるを得ません。

20世紀前半に活躍したイギリスの哲学者で作家のオラフ・ステープルドンも、そうした鋭い審美眼をもっていました。1930年にデビュー作として発表された長編小説『最後にして最初の人類』は、後年の作家やクリエイターたちに多大な触発を与えたSFの金字塔とされる作品です。

2020年には、映画音楽などを多数手がけていた北欧の作曲家、ヨハン・ヨハンソンによる、音楽と映像とナレーションによるインスタレーションのような大胆な映像作品が発表されるなど（2021年日本公開）、近年にもその影響力が見てとれます。

ステープルドンは、とにかくとんでもない発想の持ち主なのです。『最後にして〜』では、実に20億年という長大な時間軸に沿って人類の未来の物語を展開させ、18期におよぶ人類の興亡を幻想的な叙事詩のようにしたためています。

その過程では、幾度かの大戦を経て人類は24世紀に世界統一国家の形成に成功します。しかし、その数千年後には化石燃料が枯渇して、またも戦争による文明の崩壊、そして勃興を経験する。やがては、核エネルギーと思しき禁断のエネルギーに手を出し、その暴発によって地球はほぼ焦土と化します。そこで生き残った35名が第2期の人類となり、世界に分散。先々で退化と進化を遂げて、子孫を残していく……。

というふうに、豊かな科学的知見と鋭敏な想像力、精緻な文体にストーリーテリングの妙によって、20億年分の物語が綴られていきます。

火星人の襲来や海王星など他惑星への移住など、サイエンス・フィクションの醍醐味ももちろんありますが、この物語は人間観察記録のような趣が面白いのです。地球環境の変化に応じて遺伝子を残すため、人類は時々のニーズに合わせて肉体、精神を変遷させていきます。

大きな頭に大きな首をもつ巨人になったかと思えば、肉体をもたず脳だけになったり、虫歯などの病気から解放されたり、羽が生えてきたり、テレパシーで交信できたり……。平均寿命が25万年にもなるなど、遺伝子的な試行錯誤を様々に繰り返します。

途中全員が釈迦やマハトマ・ガンジーのような我欲を超越した、思慮深く平和的な人類になることもありますが、結局はほころびが生じて負の感情に引きずられる性質に戻り、「最後の人類」という滅亡へと向かっていくのです。私もローマ史を学んできましたから、人間はそうそう変わらないこと、精神的な進化には時間がかかる生き物であることはよく理解するところです。

私たちが社会の未来を想像するとき、希望的観測を加えたワクワクとするような世界を思い浮かべがちですが、ステープルドンの見据えた未来は壮大な空想世界ではあっても、科学者的な目線による冷静な分析がもとになっています。例えば、本を執筆していたのは1920年代かと思いますが、その当時にすでにアメリカと中国が対峙することやＡＩの存在を予見していました。疫病の蔓延といった地球的な現象も組み込まれています。

ステープルドンの作品は、夫が「読んだほうがいいよ」と勧めてくれたのが読み始めたきっかけでした。ほかの彼の作品では人間並みの知性をもってしまった犬の物語『シリウス』

（1944年）も好きですね。残念ながら、『最後にして～』の日本語翻訳版は現在絶版状態なので、読むには高額な古本か図書館の所蔵本などに限られる現状ですが、復刊の価値が十分にある作品だと思っています。

『祖国地球』というモランの提唱

文学や文化にまつわる研究に携わっていることもあり、夫は私のツボを押さえた様々なジャンルの本を時々に薦めてくれます。「これはマリの本だよ。君と同じようなことを言ってる人がいる」と教えられたのが、フランスの社会学者で思想家のエドガール・モランの『祖国地球――人類はどこへ向かうのか』（1993年）です。

モランは日本ではあまり知られていませんが、ヨーロッパの教育現場では欠かせないとされる重要な思想家で、今夏（2022年）に101歳を迎えてなお現役という人物です。『祖国地球』は、文芸・科学評論家の協力を得て刊行された彼の著作の一つ。第3章で紹介したカネッティの『群衆と権力』同様、私が何度も読み返している思索エッセイです。

「自然《ナチュール》を支配する？　人間はまだ自分の本性《ナチュール》を制御することができない。自分の本性の狂気によって、人間は自分自身を制御できなくなり、自然の支配へと突き進む。世界を支配する？　しかし、人間は巨大で謎に包まれた宇宙のなかでは一個の微生物に過ぎない。……（中略）……人間はウイルスを絶滅できたとしても、人間をあざ笑うように新種のウイルスが現れ、変異し、再生するのをただ見ているしかない。細菌とウイルスについてだけでも、人間は生命と、また自然と交渉するしかなく、それはこれからも変らないだろう。

人間は地球を一変させた。植物におおわれた表層を支配下に置き、動物たちの主人となった。しかし、人間は世界の主人ではなく、地球の主人でさえない」

『祖国地球——人類はどこへ向かうのか』（エドガール・モラン／アンヌ・ブリジット・ケルン共著　菊地昌実訳　法政大学出版局）より

現況を予言しているかのような箇所を抜粋してみました。もっとも、モランほどの知識人なら、これまでの歴史のなかで人間がウイルスや細菌を制御できたためしがないことを把握しているのは当然のことです。最後の「人間は地球の主人でさえない」という主旨の一文には、特に強い共感を覚えています。

パンデミックから共産主義の崩壊まで、本書にはあらゆる人間界の事象について先見性に溢れた考察がなされています。そのなかでモランは、人間のことを「叡智のヒト」であるホモ・サピエンスに「錯乱したヒト」を意味するホモ・デメンスを合わせ、「ホモ・サピエンス＝デメンス（狂える知のヒト）」と呼び、「人類」として進化する遥か途上にある存在だとしています。たしかに、地球上の生物のなかで人間だけが自分の理性を用いて、同じ種族で殺し合い、ほかの生物を絶滅させ、自らが住む地球の環境を破壊している。それらを思えば、モランのこの指摘は妥当なものに感じます。

ほかにも、モラン特有の言葉には「はっ！」とさせられることが多いのです。

例えば「複合倫理」。私たちがもっている倫理は、それぞれの文化や宗教、環境によって構成されていて、その違いが受け入れられなければ戦争というものが勃発します。そこでモランは、互いが共有できる〝複合的な倫理〟が成立できないものかと考えているのです。異なる文化が共存したときには同化よりも並存や序列化が進むことや、排他性が生まれることなどにも言及していて、その思索の深さには読む側の視野も広がります。

パンデミックの時代、私たちは「人類として遺伝子を残さなければいけない」という地球全体の課題に迫られます。そんなときに国家単位で地球を区切り、自らの国家だけを守るという政治的なアプローチは果たして有効なのか。地球単位で人類を残そうという意識をもっている為政者がどれほどいるかも疑問ですね。人類レベルで物事を把握し、対処できるようになるには、モランが指摘する通り、人間はヒトから人類に進化する必要があるのかもしれません。ただそれには、知性の修練や努力というものが必要になってきますし、精神性の代謝が下手な人間にとっていちばん難しい問題とも言えます。

モランは今もなお活躍していますが、本書を読む度に驚かされるのは、彼の守備範囲の広さです。古代ローマの話があれば、私が好きなアニメーター、テックス・アヴェリーの名が取り上げられたり、音楽にしてもクラシックから現代音楽、ロックまでと何もかもが彼の好奇心下に置かれている。あらゆるものを濾過《ろか》して、自分の思想を俯瞰する胆力も、ヨーロッパの叡智たる所以でしょう。

パリに生まれたモランは、第二次世界大戦中、対ナチスドイツへのレジスタンスに参加していました。日本の戦後文学を築いた作家たちと同じように、その人生には様々な不条理による艱難辛苦《かんなんしんく》があったはずです。そうした多元的な要素が、彼の情報に対する吸着剤として機能しているのだと思います。

人生経験に乏しい人間の表面がツルッとしたものだとすると、あらゆる経験をした人間のそれはザラザラとしていて、その分、外からの情報が引っかかる場所も多くなる。それらを内なる思索の旅によって取捨選択し、身の内に取り込んで自分のものに昇華する。

人間にはそうした知性構築のシステムがあるように私は考えているのですが、モランのシステムは相当に容量の大きな消化力の高いものでしょう。そこから生まれたのが彼の言葉であり、本書の思想なのです。

そんなモランが説くのは、それぞれの倫理をもった人々の「共生」です。知性や教養が修練された先に、より良い世界の統括ができるのだと。この知性主義的な姿勢が、ヨーロッパの学校教育で尊重されているのだと思います。

「人類の祖国は地球」というモランの提唱は、人間に対してまだ幾許《いくばく》かの希望的観測を抱いているユートピア思想かもしれません。実際のところ、たとえ群生であるとは言え、人間はひとまとめにできるような生き物ではないようにも思います。地球のどこに分布しているのか、地質によって民族の性質や社会性は違ってきます。陸続きの土地で侵略をしたりされたりを経験してきた人間と、日本のように海に囲まれた島国で生きている人間がお互いの意識を共有するのは容易なことではないでしょう。世界中の人々がハイレベルの知性を身につけ、利己的煩悩を捨てることができればユートピア実現もあり得るかもしれませんが、その可能性は『最後にして最初の人類』くらいの超長期スパンで捉える必要がありそうです。

何にせよ、コロナ禍で出合ったモランの『祖国地球』は、これからも生きていく上で私に様々なヒントを与えてくれる手放せない1冊となるでしょう。

死を想い、歴史を学び、古典を読む

コロナ禍になる前から、私は「死」ということを常に意識してきました。死と直面する経験に何度も見舞われてきましたし、経済的困窮も含め、生きることへの苦労も存分に味わってきました。それだけに今際《いまわ》の際には、「ああ、やっと終わった。もうこの面倒くさい自分の面倒をみなくて済むわ……」と思うような気がしています（笑）。

そもそも本でも映画でも、私の好奇心は自分と同じ時代に生きている人よりも、すでにこの世にいない人へ向けられてばかりいます。『テルマエ・ロマエ』に出てくるハドリアヌス帝などは、すでに死後2000年近くが経っている人ですし、プリニウスにしても、（スティーヴ・）ジョブズにしても、私が漫画に描く多くの人物は、皆もうこの世にいない人たちです。残すべきものだけ残していなくなった人たちの言葉や思想と対話することが多いと、生きていることや死ぬことをとりわけて特別なものだと思わなくなります。

例えば、机に向かって何か書き物をしているときにふと思うのは、手にもっているペンは、私よりも長くこの世に残るのだろうということです。生身の肉体が朽ちて消えても、このペンは化石として後年に発掘される可能性があるなと考え始める。じゃあ、私は果たしてこのペンに嫉妬や妬みを感じるかと言えば、そんなことはまったくないわけです。肉体とはそもそも朽ちてなくなるものであり、その辺は生きているうちから潔い心構えをもっておくべきかと思います。

肉体は朽ちても、生きていた証を残したい、と思うのも人間の性《さが》です。たしかに人間は精神性の生き物ですから、子孫存続のためには遺伝子だけではなく、知性への栄養分として、過去の人々の言葉や文化的遺産は必須になります。

でも、そうした過去の知性の産物が栄養素になるかどうかは後世の人間が選んで決めることです。生きているうちから自分という人間が何者かでなければならない、という使命感に囚われるのは、なかなか大変なことです。学校の教育も家族も子どもには何かを成し遂げることを人生の目的として掲げさせますが、だとしたらどうして中庸であることや、淡々と生きるということの特別性も大事だと教えてもらえないのかとも思うわけです。自分が生きてきた証を残すことに固執する生物なんて人間以外にほかにはいないわけですから、そんな面倒くさいこだわりなど払拭してしまえば、生きている間も、そして死を迎えるときも、きっと気が楽だろうと思うわけです。

また、「歴史」を学んだことも、生きていく上での達観や平常心を身につけるきっかけになったと思っています。例えば古代ローマ１０００年の歴史には、人間として起こり得ることのあらゆる事象や現象が詰まっています。

皇帝たちだけを見ても、賢人もいれば暴君もいますし、その人となり、身内との関係性、趣味趣向にまで興味を広げれば、現代にも通じるあらゆる人間のタイプが見えてきます。政治から恋愛といったことに至るまで、歴史を学んでおくと社会でどんなことが起こっても、人間がどんな行動に出ても、希望的観測が崩されたことへの狼狽や怒りや失望も抑制できます。ああやっぱり人間の学習能力には限界があるんだなあ、などと感じたとしても、それは失意でも絶望でもありません。カブトムシが卵から幼虫、そして成虫となって仲間同士で争っている、それと同じことだと思って見ていれば、自ずと実態への確かな認識と、何が起こり得てもその都度それに相応しい対処の仕方も見えてくるものです。

「古典」にしても同じです。特に文学や哲学などの本は、現代に残るまでの過程で厳選された言葉に絞られています。ある程度のスクリーニングがなされているおかげで、古典を読んでいると余計な言葉に翻弄されることがないわけです。さらに活字として残っているものからは、著した人たちの思想がブレない形で伝わってきます。生きている人間には、例えばファッションや肩書きなどの〝装飾物〟が纏われていますから、実際よりもその人の言動が大きく受け止められることがありますよね。しかし書物は実直です。虚勢を張ることができません。

古典の言葉がいかに今にも通じるものであるか、私が手元に控えている言葉をご紹介したいと思います。いずれも古代ギリシャの哲人、アリストテレスの言葉として伝わっているものです。

「自己とは自分にとって最良の友人である」

14歳でヨーロッパに一人旅に行ったときに、実感を得た言葉です。

「板垣は相手がつくっているのではなく、自分がつくっている」

つらいことにぶつかったときなどに、思い出しています。

「大事を成しうる者は、小事も成しうる」

尊敬する人は皆、このような側面をもっています。

「若者は簡単に騙される。なぜならすぐに信じるからだ」

「信じる」ということは、一種の怠惰の表れだと私は考えています。

「世間が必要としているものと、あなたの才能が交わっているところに天職がある」

表現を生業としている立場として、常々考えている言葉です。

「自然には何の無駄もない」

この世界の真意ですね。

山下達郎さんが、かつて担当しているラジオ番組で「なぜ過去にはいい音楽ばかりで、今はそうではないのでしょうか」というリスナーからの質問に対し「過去にはいい音楽ばかりがあったわけではない。いい音楽だから残っているだけです」という答えを返されていました。その山下さんの言葉は、ここに挙げたアリストテレスの格言も含め、いかなる文化にも通用することでしょう。

そして、引き継がれる遺伝子の精神の糧となるものとして、どのような事柄がこれから残されていくのかは、今後この地球に現れる人類が決めることでしかないのです。

第5章 心を強くするために

「常識」ではなく「良識」で生きる

「ヤマザキさん、ご自分の〝芯〟を強くしたものは何だと思いますか？」

何かのインタビューでそんな質問を受けました。たしかに今まで生きてきていろいろと耐えてきたことはありますが、そんなときに自分に〝芯〟があるなんて実感したこともなければ、あったとしてもそれが強いなどと思ったことすらありません。個人主義の集団とも言えるイタリアにいるときとは違って、日本にいるとつい大きな声にスポイルされてしまう傾向の強い自分は、むしろ軟弱な〝芯〟の持ち主かもしれないと感じるくらいです。それでも、周りの人に私の何かが強いものとして見えるのであれば、それは子どもの頃からいくつもの社会の不条理と向き合ってきた経験と、価値観の異なる世界をたくさん見てきたことによる諦観を指しているのかもしれません。

私にとって、旅とは価値観の違いを学ぶ教育の場でした。幼い頃から読書を通じて世界中の倫理観や価値観の違いが気になっていたこともありますが、若いうちに国外に出たことによって、それぞれの国にはそれぞれの国独自の社会環境を守るためにでき上がった、様々なルールがあるということも明確に見えてきたのだと思います。

価値観の違いをこの目でリアルに学べたことは、人間として生きていく上で私の大きな糧になっていることは間違いありません。そういった自覚が、傍目《はため》には〝芯の強さ〟として見えているのかもしれません。

周りと考え方の共有ができないと初めて感じたのはいつだったのか。思い出すのは、子どもの頃に母から『フランダースの犬』の本を渡されたときのことです。

日本でアニメ化もされた19世紀イギリスの児童文学を私に読ませた母の目論みは、絵描きになりたいと言い出した娘を思い直させようというものでした。ご存じの方も多いと思いますが、あの物語は実に悲しいクライマックスを迎えます。画家になる夢をもった牛乳運びの貧しい少年ネロが、極寒のなか、大聖堂のルーベンスの祭壇画の前で愛犬パトラッシュと絶命してしまいます。アニメ放映の最終回では大概の人が、「かわいそうに」とその死に涙しましたし、今でも思い出すと泣けるという友人もいます。母も、本の最後のページをじっと見入っている私に、兼ねてから準備していたと思しき言葉を掛けてきました。

「ね？　かわいそうでしょ？　絵描きさんになるというのは、そういうことなのよ」

しかし、物語を読み終えた私には、ネロをかわいそうだと思うことができませんでした。そこへ至るまでの彼の煮え切らない態度に何か納得のいかないものを覚えていたので、「ネロは勇気がなかったから、こんな目に遭ったんだ」と受け止めたのです。誰かが自分の絵を認めてくれるのを待っている姿には、謙虚さよりも「驕り」すら感じました。誰かの助けを当てになどせず、いざというときには知恵を狡猾に駆使すればいいだけのことだったのではないか、運河に停まっている船にでもこっそり乗り込んで、もっと暖かい地域に行っていれば、犬まで道連れにして死ぬようなことはなかったのでは、と考えたものです。

当時、私が『フランダースの犬』と共に読んでいたのが、『シンドバッドの冒険』と『ニルスの不思議な旅』でした。二つの物語に共通するのは、主人公が困った状況に陥っても、より広い世界に目を向けて冒険に乗り出すという点です。「才能があるのにそれを発揮することもなく、誰にも認められないまま死んでいくのね。かわいそう」という慈愛の倫理よりも、私にはシンドバッドのずる賢さのほうがずっと魅力的に思えてなりませんでした。

フランダースのネロも、外に目を向ければ逃げ道がたくさんあったと思うのです。目の前の環境だけでなく、地球全体を見るつもりで、自分なりの価値観を築いていけば生きていくこともできる。実際、ちょっと後ろを振り返るだけでも、「なんだ、あっちにもこっちにも、道や扉がたくさんあるじゃないか」と違う進路が見えてくる。事実、私はそうして17歳のときに、絵の道を選ぶことが推奨されない日本を飛び出して、未知の国イタリアへ行ってしまいました。

人は誰しも、逃げ道がないとなれば壁にぶつかり、行き詰まります。そしてその壁の多くは、自らのなかに生き方の定型というフォーマットを細かくつくることで発生します。「生きるとはこういうことだ」「これ以外の解決策はない」「これを成し遂げなければもう終わりだ」……といった柔軟性の足りない考え方によって、自分で壁を形成してしまうわけです。頑なな思い込みに囚われていると、後ろを振り向けないし、逃げ道も探せないし、歩き出すこともできなくなるでしょう。

パンデミックが始まって以来、私たちは今までの社会的ルールや倫理性のすべてが正しいとも言えない状況を経験してきました。まるでコロナウイルスに、「人間の世界には群れをまとめるための法則があるようだけど、今回はそれが通用しないかもしれません。いよいよ既存の考え方にはすがらない、自分たちの判断に頼るときがきたのです」というようなことを告げられているようにも感じていました。

もっとも、それまで信じ、確信をもってきたことを疑うのには、知性と想像力を駆使しなければなりません。基本的に怠惰を好む人間には、普段は使わない量のエネルギーが必要になってきます。信じていたものに疑念をもつことで不安も増長し、そこに費やされるエネルギーもまた増えることでしょう。信仰や信念というある種の怠惰とも言える既存のタガを外すことは、それほど私たち人間にはハードルが高い。しかし、これまでの常識に「疑い」をもつことは、壁を壊して新しい生き方を模索するのにいちばん有効な鍵になると私は思っています。

メディアからの情報や、周囲の人の言葉に流されていると、見えるべきものが見えなくなってしまうことが往々にしてあります。世間の倫理や社会の常識は、いったん吸収した上で、それらが本当に必要なことなのか、真意に向けて真摯に掘り下げられた考えなのか、と疑ってみる。そうして自分なりの審美眼を鍛え、自分の頭で考える実践を積んだ先に獲得できるのが、自分にとっての真理、つまり「良識」です。世間体や宗教の教理から生まれたルールに囚われず、人間という生き物としてこの世界で生きる上で何が必要か、それを追求するための知性や考察の修練が自分に相応しい判断力を磨いていくのです。人間に必要なのは、環境によって形成される常識よりも、そうした良識だと私は考えます。

とは言え、業に脅かされることなく知性を修練するなど、プラトンやソクラテスレベルの哲学者にならなければ容易にできることではないかもしれません。それでも、常識と良識の差異を感じられるよう試みるだけでも、日々の意識が少しは変わってくるのではないかと思うのです。

「Keep moving」のすすめ

パンデミックが始まって以来の気づきを本書にあれこれと記してきましたが、「人間は基本的に怠惰な生き物である」というのも、この度確信がもてた感慨です。

歴史を遠く遡れば、絶えず頭のなかを稼働させて日々を生きていかなければいけない遊牧の生活から、定住して合理的な社会構造をつくり上げる農耕の生活にシフトしたことに始まり、人間は少しでも楽に、ゆとりをもてるようにと工夫を重ねてきました。

その変遷を俯瞰してみると、人間はエネルギーを〝発散〟する生き物というより、〝縮約〟させて生きたい、つまり、基本的に消費エネルギーを節約したい生き物であることが見えてきます。

そしてこの省エネの意識は、肉体労働の合理的な工夫だけではなく、思考や知性に対しても働きかけているようにも思えます。労働であれば節約したいエネルギーをスポーツには出し惜しみなく使える人が多いのは、身体を動かすことは頭脳のトレーニングとは違って、「生き延びる」ということへの実感につながりやすい行為だからかもしれません。

知性やメンタリティをどんなに活性化させても、当然ながら腹が減れば餓死をします。「お金を生み出さない行為は頑張っても意味がない。だから知性に余計なエネルギーを使うな」と、国家単位で人々を説き伏せようとする体制の国もいくつか思い浮かんできます。

社会においては美徳としか扱われない「信じる」という行為も、よく考えてみれば怠惰を象徴するものだと私は捉えています。まっすぐで濁りのない、美しい言葉のようでいて、その実は自分で考えることを放棄し、信じる対象に責任を委ねているに過ぎません。だから、もし望まない結果が起きたとしても、それは自分のせいではない。信じた相手に責任を転嫁すればいいだけです。たしかにそのほうが精神の疲弊を避けられますから、省エネにはなるでしょう。

メディアやSNSなどで誰かが発言するのを待って、そこに便乗するといった行為も、怠惰という省エネの表れに思えます。ＳＮＳにおいて他者の意見を拾って拡散するという行為は、自分で自分の考えや意見を言語化することを手放し、責任を他者に押しつけているようなものです。さらに言えば、法律や宗教的な戒律も、個々人が自分で倫理や生き方を考えなくてもいい状態をつくり出しているという意味で、民衆に省エネ系怠惰を推奨するものです。また今の世界には、自分で考えなくても楽に生活させてくれる便宜性を掲げたサービスが、商業のなかに溢れているようにも感じます。

こういった怠惰という省エネは、権威をもつ人間や組織に対して「操られることへの許諾」を自ら与えることを意味しているのを忘れてはなりません。

２０１９年、イギリスの大英博物館で大規模な漫画展（『The Citi exhibition Manga』）が開催されました。そのキュレーションを手がけたのは日本文化の研究者であるニコル・クーリッジ・ルマニエールさんですが、彼女と初めて対談をしたときに印象に残ったのがお祖父様の話でした。

ちなみにクーリッジさんは30代目のアメリカ大統領カルビン・クーリッジの親族にあたる人で、起業家だったというお祖父様は、商用で戦後の日本を何度も訪れており、ニコルさんにこの国の話をよくしていたそうです。また、運動が特に好きなわけでもなかったのに、１

964年の東京オリンピックをわざわざ見に来たほど好奇心の塊だったらしい。107歳でお亡くなりになるまで、とても活動的な人だったそうです。そのお祖父様の口癖が「Keep moving」。常に好奇心と感性を動かし続けろという意味で、この言葉を使っていたようです。

この「Keep moving」は、的を射た非常に大事な言葉だと思います。

どんなに愚鈍な人であっても、生きていれば肉体は、動かさざるを得ません。私の家にいる猫のベレンですら、太ってきたときには「動きたい（遊びたい）」という要求を私に示してきます。しかし人間は猫とは違い、体と同等の栄養と運動を知性にも与えなければ、歪《いびつ》でアンバランスな生き物になってしまいます。

実はそのアンバランスに対する危機感を、古代ギリシャや古代ローマの知識人たちはすでにもっていました。この頃につくられた大理石の彫像を見てもわかりますが、彼らは肉体も頭脳も鍛えられた人間こそを理想的完成形としていたのです。現代では、アメリカにおける人間の理想形がそれに近いかもしれませんね。ただし、彫像を見ていただければわかるように、力の象徴でもあるヘラクレスやアトラスでもない限り、筋肉のつき方は決して過剰ではありません。古代ギリシャでもローマでも、筋肉のつき過ぎた体はその人物がメンタルのバランスを欠いていることになるからです。肉体を鍛えることにばかり意識が傾いているようでは、理想的な人間とは言えなかったのです。

とは言え、人間には齟齬やブレがあるからこそ学べることもあるはずです。多少何かに偏ってしまっても、バランス感覚が悪くなっても、思考を鍛えない野蛮人になってしまうよりはずっとマシでしょう。理想など抱かなくても、省エネに傾倒しない精神と肉体をもつことこそ、人間という生き物の基本的な在り方なのではないでしょうか。

「Keep moving」という言葉は、自らによるエネルギーの生産と消費に対して「出し惜しみをするな」という掛け声のようにも感じます。

我が家の金魚の「全身全霊」

東京の我が家には、昆虫と猫に加えて金魚が2匹います。10年ほど前に世田谷の太子堂のお祭りの金魚すくいですくった2匹ですが、私がイタリアにいる間は自動エサやり機と留守宅の様子を見に来てくれる人がいたおかげで、今日まで同居できています。

飼い始めた頃は体長3センチほどの小さな体でした。ところが、私が日本に戻る度にどんどん大きくなっていて、今では煮つけにしたり焼いたりしても食べられそうなくらい、体長

20センチ弱の普通の「魚」になっています。名前はつけていないので、必要ならばただ「金魚」とだけ呼んでいます。

老金魚たちを見ていると、何の驕りもなく、ただ与えられた命を全うしようとしていることをひしひしと感じます。目が白濁して見えなくなった金魚も、何に対しても誤魔化したり、惰性で生きたりすることなく、命がある限り自分のすべてを駆使して、全身全霊で日々を生きているのです。これは金魚に限ったことではありません。熊や狐や鳥、何でもそうだと思います。ナマケモノやパンダですら、ゆっくりとしたあの動作も生き延びるために全身全霊で行われているのです。

では、人間という生物はどうでしょう。

我が家の金魚や昆虫のように、生物として備えている能力を人間が100%稼働させているかと言えば、とてもそうとは思えません。生き物たちのレベルに到達するには、使えていない部分が我々にはいくらでもありそうです。生命体として、全身全霊で生きる我が家の金魚に人間が匹敵するには、体も頭もフルに稼働できていないどころか、省エネのために使われないままになっている機能もある。人間は持ち前の知恵を駆使して、テクノロジーを進化させ、貨幣価値を基軸とした経済を発展させ、お金さえ稼げればより楽な生き方ができるような社会になりました。怠惰優先に知恵を生かし、生物としての本能を駆使する必要もなくなり、あらゆる直観力を退化させ、全身全霊でのエネルギー消費などという面倒なことをしなくとも、命をつなぐことが可能になったのです。

しかし、パンデミックはそうしたフォーマットを崩しました。怠惰なままでは、ウイルスに感染して命を落とす可能性がでてきてしまい、それは大変だということで、あらゆるメディアから情報を収集するのに人々は錯綜しまくりました。その対応によって、普段使う消費カロリーが皆少しだけ高くなったはずです。

知恵に驕ってはいますが、人間ももともとはホモ・サピエンスという地球上の生体です。危機的状況に向き合った場合、大概は頭であれこれ考えるよりも生存本能のほうが遥かに優先されるはずです。自分たちの遺伝子を残さなければいけないというシグナルを発動し、それに連動した行動を条件反射的に起こすのが、危機に接した場合のあらゆる生物に共通した反応です。今回人間は、疫病という生存を脅かすものの出現で、行動の判断を自らの本能レベルで察知するという能力を、普段よりも稼働させるようになったと言えます。

実際、感染の波を何度も経験している状況において、個々人が自分の判断で行動基準を考える傾向は顕著になっていました。例えば政府から「ああしなさい。こうしなさい」と事細かに指示を出される以前に、「なんかそれ違うんじゃない？」と、猜疑心のエネルギーを稼働させる人も増えました。新型のウイルスとの共生の仕方についても、本能レベルでの答えを求めていた人たちがたくさんいたのではないかと思います。

私たち人間も、地球に住まう一介の生物です。その他の生き物と同様、自分の生命を守るためには、肉体も知性も与えられた機能の稼働を怠るべきではないことを忘れてはなりません。パンデミックを経て、そして新たな戦争の勃発を目の当たりにした私たちは今、そういった意識を常に自覚する段階に進んでいるのではないでしょうか。

「死ぬまで生きればいい」というシンプルな真実

日本のテレビには、外国の街を旅しているような演出の番組がありますよね。以前ならほぼ観なかったタイプの番組ですが、パンデミックの間は、イタリアの街並みが映っているとついつい観てしまうようになり、「ああ、うちの街にもこんなトラットリアがあったな」などと望郷の念を掻き立てられていたような始末です。

パスタにしても、『パスタぎらい』という本を書いたほどで、貧乏なうちに一生分食べてしまったために率先して食べたくなるものではありませんでしたが、今では定期的にイタリアンの店に通うようになりました。日本の勤勉な料理人たちがつくる料理は、イタリア本国で食べるのとはまた別次元の美味しさが楽しめるからでしょう。

何十年と生きていれば、人間には当然様々なフェーズというものがあります。その都度たちどまっては、「これで良かったのか」「ほかに手段はあったんじゃないか」などと考えてしまう。私も日本で高校生活を送っていたときには「絵描きになっても食っていけないぞ」と進路指導の先生に言われて、「じゃあ、イタリアに行くしかないのか」と日本から離れてはみたものの、収拾のつかないウソみたいな貧乏地獄に陥りました。自分の自由を尊重するためにはるばるやってきた土地で、なんでこんなに泥をすすって生きていかねばならないのかと苦しみに悶々としながら過ごしていたものです。10代後半だった私が安部公房の作品をいくつも読んでどハマりしたのも、生き抜くことのつらさと実直に対峙する日々を送っていたからでしょう。

折しも日本はバブルの時代でした。高校の同級生たちが稼いだお金で遊びにやってくるわけですが、皆揃って前髪を盛り上げたソバージュにブランドのカバンを下げ、まるで別次元の世界からやってきたかのように輝いているわけです。片や私はと言えば、電気も電話もガスも水道も止められてしまった真っ暗な家のなかで、明日をどう食いつないでいくか頭を抱えてうずくまっている。同じ人間でありながら、この差はいったいなんなのか。絵の道を選んでしまった自分を、ことごとく恨みがましく思っていたものでした。

でも、今となって思い返してみれば、バブルを謳歌しようと貧乏どん底だろうと、所詮は人間の生き方の一形態でしかありません。比べても仕方がないことなのです。

この世に生まれてきたからには何かを成し遂げなければならない、人間として生きた証拠を残さねばならない、社会で認められる存在にならなければならない……などといった義務を自らの命に課し、その負荷にもがき苦しむことがあります。もっとシンプルであって良いはずの人生をなぜこんなに複雑にしなければならないのか。昆虫や金魚のように、ただ毅然と生きることがなぜ人間にはできないのか。食べて、交尾して、卵を産んで、命を終わらせるまで全身全霊で生きている彼らを見ていると、地球で生きるということは、本来はこういうことのはずだと気づかされるのです。

生まれてきてしまったからには、つべこべ言わずに生きるしかありません。我々の誰一人として挙手してこの世に生まれてくることを選んだわけではないですし、生まれてくる選択が許されるのだとしたら、こんな面倒な生き物として生まれるのは嫌だと思う人もきっといることでしょう。しかし我々は、気がついたらこの世にいたのです。そして、地球という脅威から身を守るために群れをつくり、子孫を生み、社会を効率よく稼働させるために信仰や宗教を編み出し、すべての人間に幸せな人生が保障されるべきだという信念を実現させるために、四苦八苦することになるわけです。

人間は「おぎゃあ」と泣いて生まれてきて、ほかの哺乳類の動物と同様にすぐにお母さんにおっぱいをせがみます。私自身も子どものそんな様子を見ていて思ったのですが、赤ちゃんは生まれてきてしまった恐怖心を察して泣いてしまうのかもしれませんね。子宮のなかで羊水に守られていたのが、いきなり薄っぺらい皮で覆われた肉の袋のメンテナンスを自分でやっていかねばならなくなる社会というジャングルに産み落とされるわけですから、赤ちゃんだって動揺して当然です。

しかもそのジャングルには様々な得体の知れない人間が潜んでいて、摑みどころがありません。食べ物を得るには社会を稼働させる仕組みの一部にならなければならなかったり、集団として生きるルールを間違えれば疎外されるか存在を否定されます。お金を稼ぐ能力がなければ飢え死にの危機に瀕したり、幸せだと感じるよりもどうしてこんなところに生まれたのだろうという苦しみや不安ばかりが、堰《せ》き止める間もなく自分のなかに流れ込んできてしまいます。

そんな不安の決壊を起こさないために、人々は宗教やエンタメや旅行や美味しいものといったある種の呪縛力を借りて、つらさや悲しみを忘れるように日々工夫をしていく。甘いデコレーションを取り除いた言い方をすれば、我々の日常の実態というのはそういうものなのではないでしょうか。

人間の世の中では恋愛や結婚が人生における最も素晴らしい美徳のように象られていますが、正直それもそんなに生易しいものだとは思いません。繁殖という生物にとって当たり前の命のプロセスを、さも特別なことのようにデコレーションすることで、人々はそこにある種の理想や希望を託すようになりますが、その理想や希望から逸れないようにメンテナンスしていくのは大変なことです。恋愛や結婚を美徳とした考え方も、また生きるための都合の良い細工の一つだとも言えるでしょう。

2022年6月半ば、私と息子のデルスは2年半ぶりにイタリアへ戻ることが叶いました。イタリアへ入国する際のワクチンの接種証明もPCR検査の陰性証明も必要がなくなり、ロシア上空の飛行規制のために渡航時間がいつもより長くなってしまったものの、久々のイタリアはこれだけ長く離れていたとは思えないほど何も変わっていませんでした。なぜなら、イタリアの空港ではアジア系の人間以外はもう誰もマスクをつけておらず、ゲートの外では久々の再会を喜んでハグにキスをする人たちが普通に見受けられたからです。

この2年半の間に、義妹には2番目の子どもが生まれ、夫の親しくしていた叔父が二人亡くなりましたが、それ以外の変化と言えば夫を一人にしておいた家のなかがダンボールやごみ袋だらけになっていたことくらいでしょうか。飛行機のなかで一睡もできなかったにもかかわらず、到着早々3時間かけて大掃除をした結果、家も2年半前の様子を取り戻しました。

イタリアは表面的にはもうすっかりパンデミックなど過去の話になってしまったかのようですが、実は感染者が上昇傾向にあるという情報も流れていました。実際、私たちが到着する2週間前に義父母は二人ともコロナに感染しました。重症化こそしなかったものの、パンデミックは依然として続いていたのです。

「でも、終わったと思わないとやってらんないのよ」と義母はもうその話はうんざりという表情で開き直っていますが、一抹の不安を感じてはいるようでした。

私たち人間は、できれば日々不都合な可能性を考えずに生きていきたいと考えています。パンデミックにしろ戦争や紛争にしろ、発生当初は熱心に情報を追いかけていても、次第に気持ちを鬱屈させるようなニュースには意識を向けないようになっていきます。それはやはり、前向きに生きていきたいという利己的な願望が優先されるからでしょう。

しかし、この地球上でどんな現象が起ころうと起こるまいと、私たち人間全員が共有しているのは、誰もがいずれ死ぬという事実です。生まれたら死に向かっているという当たり前の自分たちの命の実態について、私たちはもっと正面から対峙していくべきかもしれません。

仲間たちと楽しいひと時を過ごすことも、元気をくれる音楽を聴いたり、面白い本や映画を観ることも、美味しいものを食べることも旅をすることも、前向きな気持ちを構築するために必要なことではありますが、逆に悲しみや苦しみや失意に打ちひしがれることがあったときに、それらは避けてはならない性質のものだと毅然と捉える精神力と、回復へのエネルギーもしっかり備えておきたいところです。どんなに深い傷も、メンテナンスを怠らなければ回復は可能です。

私たちの想像力というのは、精神面で受ける傷に対するそうしたレジリエンス（回復力）として備わっているものでもあるのです。

失敗を恐れるよりレジリエンスを

「彼女なんて欲しいと思わないのは、今じゃ、当たり前のことだよ」

先日デルスの口からそんな言葉が出てきました。どうやら昨今の若者には彼のように恋愛や結婚にまったく興味や関心をもたない人たちが増えているらしいことを知りました。審査員を担当したとあるＳＦ小説のコンクールでも、送られてきた作品のなかにはこうした傾向が垣間見えるものがいくつかありました。恋愛や結婚という面倒な関わりをもつよりは、すっきりさっぱり付き合える友人というスタンスのほうが気楽だと捉える若者たちが増えているということの動向を、メンタル省エネの今の時代であればさもありなん、と私も受け止めています。

たしかに恋愛というのは精神面でのコストがとてもかかる代物で、怒る時間も落ち込む時間もすべて準備しておかないとできるものではありません。それまで他人だった人と深く関わるということは、浮かれているよりも落ち込んだりつらくなったりする時間のほうが長かったりもします。

ただ、これが例えば世の中にお金が潤沢に回っていたバブル期の若者なら、自ら喜んで失敗に向かっていく傾向がありました。海外への旅にしても、バックパッカーという向こう見ずな風来坊的スタイルを選ぶことで、「俺って思ってたより使えねえ」といった局面に向き合う経験をあえて積極的にもちたがる人が少なくありませんでした。自分に対する失望と向き合っても、立ち直れていたのはおそらくお金の威力です。どんな苦境もお金の力で非現実的な処理ができてしまうからです。女性との付き合いにおいても然り。また、恋人にダメさを指摘されても、お金を使って別のことで誤魔化せた時代だったのかもしれません。

比して今の若者は、経済的なゆとりに乏しい。自分から言葉の通じない国に行って、失敗を経験しようなどという気もなく、恋愛をしたとしても潰しが利きません。付き合っている女性と喧嘩してなじられでもしたら、受ける痛手が大きい。そして、「俺っていったい何なんだろう」という方向に悶々と悩み始める。自分が生きてきた証や喜びを、好きになった女性に依存しているかのようです。「あなたなんて大嫌い！」と去られた日には、「生まれてこなければ良かった」などと、自分の存在意義すら見失ってしまう。

こうした心模様の根底にも、生きていることへの不安や自信のなさがあるのではないでしょうか。話が飛ぶようですが、ＳＮＳ上で社会への批判や疑問を呈する人に対して、何がしかの理由をつけて糾弾する昨今の現象とも通じるものがある気がするのです。恋人に自分を否定されて生きる意味が揺らぐ。目障りな意見に激しい拒絶反応を示す。どちらの場合も、その人の根っこに予定調和は決して保障されるわけではない、という不安があるからこその行動ではないかということです。

失敗や否定されたことなどによって感じる、屈辱や苦しみ、悲しみといった感情は、人間が本来もっているものです。そして生きていれば、傷つくことはセットのように付随します。そうした負の感情をまったく使わずに生きていくのは不可能なことなのです。問題が起きたときには、免疫がない分過敏に反応し、自己を揺さぶられてしまうでしょう。もっとも、感情を削ぎ落としたロボットにでもなるほうが、社会は円滑に稼働するという流れになるとは思います。実際、人口をたくさん抱える大国には、国民の感受性や想像力を掌握することで国威増長を図ろうとしている傾向がありますからね。

しかし、人間というのは私たちが思っている以上に強固な生き物です。傷ついたときには「こんなものだろう」と諦めて、何度でも立ち上がる〝起き上がり小法師〟的性質が備わっているはずなのです。にもかかわらず、失敗が怖いからと避けることに注力していたら、生命体としての潑剌としたエネルギーは稼働せず、ますます脆弱化していくだけでしょう。

エネルギーは発散してこそよく巡るものです。例えば、一流のアスリートやミュージシャンといった人たちがパフォーマンスの場でそのエネルギーを爆発させて生命力をキラキラと輝かせられるのは、傷つくことや他者からの批判、バッシングなども含め、自分では制御できないことをその人生で経験し、心身の新陳代謝を果敢に行ってきたからではないでしょうか。

恋愛や誰かを好きになる気持ちも制御は難しい。失恋しては傷ついて泣き、玉砕する場合もある。そうした経験も結果的には人間力を輝かせる素なのです。私は別に恋愛推奨者ではありませんし、息子のように恋愛に特別な関心をもたない人間の在り方も、現代社会の兆候で、生き延びるために発生した新しい姿勢として大いに認めます。ただ、そんな兆候のなかでも恋愛心が芽生えてしまったという人がいればそれはそれで、与えられた情緒や感動をどうぞ大いに駆使してみてください、とも思うわけです。

そもそも人間は厄介な生き物です。厄介な生き物ではないふりを続けるのは難しく、ふと気がつけば凶暴で残虐で、差別もするし、みっともない部分が社会のなかで様々な形となって露呈している。ただ同時に、私たちはそうした性質を自分たちの良識や倫理をもって制御することができます。ですから、間違いを犯すことを恐れて身を縮めているよりも、良識を磨き、回復力を鍛えればいいわけですね。そのほうが、人間に備わっている本能的なものをフルに稼働させることができると思います。

14歳のとき、私は母に推し進められるようにして一カ月間ヨーロッパを一人で旅しましたが、ドイツへ移動するためにパリのリヨン駅から北駅に行く際、移動の手段が皆目わからず、道のど真ん中で茫然と立ち尽くすという経験をしました。言葉も通じず、もちろん携帯電話もなかった時代です。

「まずい。このままじゃ行き倒れになる」

〝路頭に迷う〟とはまさにこのことを言うのかと実感したそのとき、ふとそんな思いが自分のなかに芽生えたのです。右にも左にも体が動けなくなるほど追い詰められたことで到達した境地だったのでしょう。そして冷静になり、手を挙げてタクシーを止めることを思いついた。タクシーの運転手に列車のチケットを見せれば、どこの駅に行けばいいかをきっと教えてくれるだろうと、再び歩き出しました。

黙っていても誰も助けてはくれません。頼るのはもう自分だけ、そう自分を奮い起こして歩き出したときの感覚を、よく覚えています。子どもなりに、死をどこかで意識するほどの危機に瀕したからこそ得られた気づきでした。それは今でも私の根幹にあります。

重ねて言いますが、深く傷つくことも、失敗することも、追い詰められることも、生きていればあって然るべき精神作用であり、すべてを避けきることはできません。けれど、そういったことを経なければ得られないエネルギーや精神力があることだけは、断言していいかと思います。予定調和や理想といったものにすがって生きることの危うさも、やはり傷ついたり落ち込んだりすることでしか学習できないものと言えるでしょう。

3度のお風呂でメンタルバランスを整える

先日、とある子ども向けのテレビ番組で「絵を描くのが苦手です。なぜ人は絵を描くのですか」という問いに手紙で答えるという企画がありました。私の答えは「人間はお腹をいっぱいにするだけでは生きていけない生き物なのです。メンタルにもご飯を与えなければなりません」というような内容のものでした。

人間がほかの動物と違うところは、なんといってもこの点でしょう。生理的な空腹を満たすだけでは満足がいかない、精神面での貪欲さというのがあるわけです。そのために愛情や芸術という想像力への栄養素が必須になってくる。そうした栄養素をつくり出すあらゆるジャンルのクリエイターは、「精神面における第一次産業従事者」と言えるでしょう。人間のメンタル面での空腹を満たすために必要な野菜や穀類をつくるお百姓さんですね。精神という土壌で畑を耕し、種を蒔《ま》き、しっかりメンテナンスをしながら、良質の苗を育て、刈り取って、収穫物を皆さんにお配りする。

私自身も生活のなかで、自分のメンタルバランスを取ることを心がけています。気持ちがブレると、漫画や文筆といった創作に影響が出てしまうからです。気持ちを切り替えてバランスを取ることで、なるだけ自分のエネルギーを余計なところに使わないようにしているのかもしれません。

リフレッシュの方法は人それぞれだと思いますが、私の場合は本を読んだり映画を観たりといったことは小さな頃から身につけていました。運動は意識してすることはないものの、これもまた子どもの頃から体はよく動かしてきました。昔ほど身軽ではありませんが、木登りはいまだにできます（笑）。運動のための運動は好きではありませんが、家内の生き物たちのメンテナンスをしたり、掃除をしたり、外出の用事があれば二駅くらいは歩いて帰ってきたり、日常的に体をよく動かしているほうだとも思います。

日々の気分転換として欠かせないのは、お風呂です。1日に3回は入ります。それが無理でも朝晩2回は入らないと、自らの内部に溜ったエントロピーを排出できたような気がせず、落ち着いて仕事もできないし、安心して眠ることもできません。

この入浴の習慣は、ポルトガルからシカゴに移り、何年かぶりに浴槽のある家に住むようになったときから続いています。例えば一つの仕事が終わって、次にエッセイを書かなければならないようなときに、風呂に入って頭のコードチェンジを行う。入浴時間はほんの5分ほどでまったくの烏《からす》の行水ですが、その間は何も考えず「無」の状態になります。そうして出てきたときには脳内のリセットが完了。余計な感慨を払拭した状態で仕事に向かうことができるのです。

サウナでリフレッシュした感覚を「整う」と表現するそうですが、その感覚に近いかもしれませんね。ちなみにサウナと冷水浴を交互に行うことで多幸感を得るというのは、古代ローマ人も実践していたことでした。

入浴剤も欠かすことはありません。大分の温泉から取り寄せた炭酸のお湯になるタブレットに、各温泉地の湯の華、ヨーロッパのアロマセラピー系の岩塩など種類は様々ですが、特にヒマラヤ岩塩は、箱根の大涌谷《おおわくだに》や登別の地獄谷にいるような気分になるほど強烈な硫黄の匂いがして、そのアロマ効果で気合いが入る。仕事部屋の机の上にも置いて、煮詰まったときには手に取って匂いを嗅ぐこともあります（笑）。人にはそれぞれ適したレジリエンスの手段というのがあると思うのですが、私の場合はやはりお風呂が圧倒的にその効果を発揮してくれるようです。

等々力渓谷という日常のオアシス

東京の仕事場から歩いて行ける範囲に、等々力《とどろき》渓谷公園という場所があります。東京での仕事場を探さなければならなくなったときに、都内に唯一存在する渓谷の近くという立地条件が気に入って、物件の詳しい情報もろくに確認すらせずに即決したのです。パンデミックが始まって旅ができない時期を過ごさなければならなくなったとき、日常的に豊かな自然にアクセスできる場所に選んでおいたことを、しみじみありがたいと感じました。

公園内は、谷沢川を挟んだ散策路を中心に、起伏に富んだ地形のなかを不動の滝や展望台、稚児大師に等々力不動尊などを歩いて巡れます。仕事をしていて行き詰まったときには、とりあえず深いことを考えずに、渓谷の〝ジュラシック・オーラ〟をたっぷり浴びにいくことにしています。

さらに素晴らしいのが、ここでは古墳時代末期から奈良時代にかけて造られた横穴式の古墳がたくさん発見されているのです。なかでも「等々力渓谷3号横穴」は玄室《げんしつ》と羨道《せんどう》などが完全な形で残っていて、古代好きの私としては、この地が自分にとって東京で最も向いている場所だと確信を深めている次第です。

桜の名所でもある等々力不動尊も立派なお寺です。何を隠そう、この不動明王というのも、私がそこに暮らそうと思った理由の一つでした。

北海道でシングルマザーとして二足どころか、十足の草鞋を履きながら子育てをしていた頃、真言密教の曼荼羅を記号学で解読しようとしているアメリカの研究者のイタリア語通訳として、何軒かの寺院を回りました。その際、円空仏を祀るとある寺を訪ねたところ、若い住職が学者の細々した質問を聞いた末に放った言葉が冴えていました。

「では一つお尋ねしますが、私どもが何年もかけて修行を重ねることで得られたものを、あなたは今ここで、私のほんの何言かですべてを理解したつもりで論文をお書きになりたいということでしょうか？」

学者は照れ笑いをしながら押し黙ってしまいましたが、そんなユニークな住職のいたお寺のご本尊が不動明王だったのです。何十年かに一度とされるご本尊の御開帳を見に行ったこともありますが、なぜかその後も行く先々で不動明王ゆかりの場所に接することが続き、勝手にご縁があるような気持ちになっています。

とは言っても、私はスピリチュアル的な人間ではありませんし、そういったものに対しての旺盛な好奇心もありません。ただ、日本という国においては、西洋の合理的な解釈とは次元の違う、こうした感覚的な波動に想像力を委ねて物事を決めたりするのも、決して嫌いではありません。

等々力不動尊には、引っ越して初めての新年に、イタリアから訪ねてきた夫とハワイからやってきた息子を連れて護摩焚きに参加しました。カトリックの国家でありながらも多くの知的階級のイタリア人がそうであるように、夫にとっての宗教はあくまで文化人類学的な興味の対象でしかありませんが、さすがにこの護摩焚きでは「嫌なものを煙と一緒に排出できた気分」だと言っていました。それはやはり、お寺の周りを囲む自然がもたらした効果とも言えるでしょう。

等々力渓谷の鬱蒼《うっそう》とした植生を見ていると、これだけの発達を成した都会においても自然の圧倒的な力を感じさせられますし、念入りに探せばおそらく私の好きな昆虫もいろいろと生息しているに違いありません。

ちなみにうちのシゲルの子孫たち（第1章参照）が飛び立っていった先は、おそらくこの公園だと思います。カブトムシは本能的に生まれたところに様子を見に帰ってきては、また住処に戻るのだとか。息子が公園の方向から我が家に向かって飛んでくる大きな甲虫を目撃していましたから、私の家と等々力渓谷が彼らによってつながっているのかもしれません。真夏に渓谷から帰ってくる子どもたちの虫籠のなかにカブトムシが入っていることがありますが、やはりシゲルの子孫かもしれません。

自然のなかに身を置く必然性

爽快な気分になるわりには、自然のなかを歩いていると案外疲れるものです。その疲労感は、例えば渋谷の街のような都会を歩くのとはまた違った種類のものです。おそらく、自然のなかで私たちは独特な緊張を感じているのかもしれません。自然のように、人間の手によって合理的につくり変えられていない場所には、得体の知れないものや情報が溢れているからです。

特に都市部で生活していれば、私たちは普段〝予定調和〟というものにすがり、そして守られています。電車の運行時間にしても、お店の開く時間にしても、出勤先においても、友人たちとのランチにしても、世間体に逆らわず、その範囲で人と付き合っていけば、予想外の出来事に遭遇することはそう滅多にはなく、大抵のことは予定通りに展開されていきます。この予定調和に沿った日本の規則正しい日常の在り方は、海外からの観光客を感嘆させてもいますが、同時に思いがけない言動や波風を起こして予定調和を乱す人を許すことができなかったり、そんな彼らに何がしかの制裁を加えるといった反応も起こり得るわけです。

余計なエネルギーを使わなくていい合理的な人間関係や生活が敵えられているなかで、その安寧を乱す人というのは社会では不必要という扱いを受けることになってしまいます。

一方、自然においては何が起きるかわかりません。樹木一本とってみても、そこには人間と共有する意識をもたない生物がたくさん生息しています。大自然のなかでは急に頭の上から木の実が落ちてくるかもしれないし、毒をもった虫や危険な生物に襲われたり、草の茂みを歩いていていきなり崖から滑落してしまうことだってあるかもしれません。日が落ちて暗くなってきたら、方向感覚が鈍って視界も狭くなり、普段は気づくことのない自分の脆弱さと向き合うこともあるでしょう。

予定調和にすがりながら暮らしている人にとって、予想外の出来事と対峙する自然はどんどん苦手な場所となっていくでしょう。現に蚊が一匹飛んできただけで、人は大騒ぎしますよね。血を吸われて痒《かゆ》くなる、といった突発的なことが起きて、安寧を乱してほしくないからです。あんな小さな虫が、人間をそこまで戸惑わせる力をもっているのも、考えてみたらすごい話です。

あらゆることが起こり得る人生において予定調和にすがりついてばかりいると、人間として本来備えもっているはずの本能や直感力を鈍らせることにもなりかねません。その意味で、予測の立たない、得体の知れないものが息づく自然のなかを歩くことは、リフレッシュと同時に、私たちの生物としての耐性を高めてくれるのです。

友人の養老（孟司）さんは「参勤交代を復活させればいい」という表現で、田舎に住んで出張で東京に来るという二つの世界をもつ暮らし方を提唱されています。いわゆるデュアルライフですね。たしかに都会に住んでいると、自然は恐ろしさを感じるものになってしまいますが、田舎と都会の両方を知ればどちらの世界にも免疫をもてます。

現代のライフスタイルでは、自主的に行動しなければ自然は遠い存在だという人が多いのかもしれません。ただ、住む場所を変えるのは難しくても、公園といった身近な場所で自然を感じることはできます。さらに少し足を延ばせば、自然のなかを歩く時間をもつことだって可能です。実際、近所の等々力渓谷公園には、ピクニックハットを被った年配の女性や小さな子ども連れのご家族などが、日帰りの自然散策を楽しみに来ています。

森を歩いたり、海に潜ったり、どんな自然であっても、そこで人間が人為的に構築してきたのとは違う、地球としての時間を過ごしていると、自分の価値観が変わっていくのを感じます。地域や社会、また家族のなかで生きる人間といった限定的な単位から解放されて、地球という惑星に住まう生き物としての感覚を取り戻せるのです。地球基準の尺度で物事を見れば、日常も違った彩りで見えてきます。草も虫も、「普通ならこうあるべき」などといった価値観の物差しを押しつけてはきませんからね。

自然の圧倒的なポテンシャルに接していれば、自ずと自分を等身大の何倍にも見せるといった虚勢を萎縮させることにもなるでしょう。私にとっては、人間至上主義的な意識が通じない自然のなかに身を置くことで湧いてくる「地球の生き物の一員」という実感が、大いなる安心につながります。いくらホモ・サピエンスが地球上における最も支配力の強い生物だとしても、謙虚な気持ちにならざるを得ません。公園の樹々に囲まれたり、温泉という恩恵に与《あずか》ったり、空を飛んでいる鳥を見たり、自然とのアクセスの方法は様々です。東京のような大都会のど真ん中に暮らしていても、ふと自分たちを覆い包む果てしない夜空の宇宙に目をやるだけでも、日常への意識は少し違ってくるでしょう。

パブリックイメージという予定調和

もう少し、予定調和について言及したいと思います。

私は人生相談の回答者として、これまで様々な悩みに接する機会をもってきました。それらの悩みを見ていて思うのは、その大半が自分の思い通りに事が展開しない、予定通りにならないことへの不服や不満に端を発しています。悩みの前提には「母親とはこうするもの」「子どもは普通……」「夫というのは本来なら……」といった思い込みや先入観があり、それらに囚われているせいで、その通りにはいかない現実を受け入れられず、フラストレーションを感じてしまうのです。つまり、相手への怒りや不満は、自分が思っていた通りにいかないこと、予定調和を裏切られたことによって生じているわけです。

このメカニズムに則れば、「こうするべき」「こうなるもの」という固定観念を手放すことで、それらの感情は解消されます。問題が起きたときにも、こういう人もいるんだ、こういう展開もあるんだ、と冷静に思うだけで、怒りや失望、悩みに発展することもないのではないでしょうか。

予定調和は、常に「期待」を伴います。

理想的な結果を期待してワクワク過ごすことが、日々の生きる力になっていることはあると思います。その期待感を否定はしませんが、期待通りにならない場合の落胆への心構えを怠ってはいけません。夢は叶うもの、ではなく、夢は叶わない場合もある。もっと正直なことを言えば、叶わない場合のほうが多い。努力を重ねていても、望んだようにならないことが人生にはある。その可能性をまったく考えないことも、やはり怠惰の表れなのです。

例えばイタリアのような国と比べると、日本は予定調和がうまく回っている社会と言えるでしょう。海外では、日本の交通機関の時間の正確さには皆驚愕していますし、治安も良く、突発的な犯罪も少ない。地震などの大きな震災が起こっても、誰も過剰な大騒ぎはせず、粛々となすべきことと対峙する。このパンデミックの間に電車内の通り魔的な殺傷事件が起きたことがありましたが、「もう怖くて電車に乗れない」という巷の声を聞いたときに、その前提としてある日本の治安の良さを痛感してしまいました。

そもそも列車というものは、密閉空間に知らない人たちが乗り合わせるもので、治安の悪い国々ではいつ何が起きるか予測がつかないという緊張を伴う交通手段です。シカゴやブラジルの都市など、私自身も海外で電車に乗っていたときは、スリや強盗などに遭遇することを常に覚悟していました。それは不測の事態に備えようとする一種の本能だと思います。日本のように予定調和がデフォルトになっている社会では、そうした本能を作動させる機会が少ないかもしれませんね。そう考えると、どれだけ日本が人々に不安や疑念というストレスの負荷をかけない社会なのかがわかります。

予定調和や期待の圧力は、自分自身のパブリックイメージにも大きな影響を及ぼしています。例えば私は若いうちから海外で暮らし、テレビなどに出ても態度が大きく見えるために、圧力のある怖い女と思っている人がいるようですが、そんな私が実は人見知りだとか、お店に一人で入れないなどという話をすると、「ヤマザキさんらしくない！」と驚かれたりします。またおしゃべりなイメージが強いのか1日中しゃべりまくっている人間だと思われがちですが、家で作業をしているときは2日も3日も黙り続けていることがあると言うとこれまた「らしくない！」と言われます。

この「らしさ」こそ、他者によって決めつけられてしまったイメージの強制を意味しています。「〇〇って誰それに似てる」という表現も、大きく括《くく》れば自分の認識範疇《はんちゅう》で何事も捉えようとする、予定調和の表れと言っていいでしょう。

「あなたってもっと〇〇な人だと思ってた」と言われたところで「実は違うんです」と毅然としていられればいいのですが、相手の思い込みを裏切った自分に失望を感じ、相手の期待に応える自分を装ってしまう。そうしているうちに、いつの間にか自分の本質を失ってしまう人もいるんじゃないかと思います。もしくは、ＳＮＳのようなバーチャル空間でつくってしまった自分のパブリックイメージのほうが、自分の実態より優先されている人も少なからずいるはずです。

人間社会の一つの特色と言ってしまえばそれまでですが、世の中にはそんなパブリックイメージと自分の本質との齟齬に負けて破綻してしまった人たちがいることも、思い出す必要があるかもしれません。

無理解を超えて――身近な人間関係

母校である北海道の小学校で授業をするという、ＮＨＫの番組『課外授業　ようこそ先輩』に出演したときのことです。「自分がもし虫だったら、１日をどう過ごすか」と昆虫をテーマに教壇に立ったところ、豊かな自然に囲まれた学校であるにもかかわらず、虫が怖い、虫を触ったことがないという子どもたちがほとんどで、それこそ予定調和を覆されて驚いたことがありました。

「意思の疎通ができない」「考えていることがわからない」「犬や猫だったら懐くが、虫は気持ち悪い」……。理由を聞いてみたところ、そのような答えが返ってきました。

理解できないものを排除する。または支配下に置く。子どもたちに限らず人間には、自分たちにとって理解のハードルが高いものにはそうする特性があるようです。昆虫や哺乳類、鳥類などが森のなかで一緒に暮らしているように、ほかの動物は理解できようができまいが関係なしに共生しているのに、なぜ人間だけができないのかと、不思議に思います。

自分たちが理解できないものへの排他性は、あらゆる人間関係のなかにも認められ、時にはいじめといった社会問題に発展しかねません。この「無理解」にまつわる人間の欠陥について、先の章で私の愛読書としてご紹介したモランの『祖国地球』のなかには、次のような指摘があります。(以下、抜粋)

「いつでも、どこでも、憎悪と軽蔑は友情と理解より優勢であり、いつでも、どこでも、愛の宗教と友愛のイデオロギーは、愛と友愛より憎悪と無理解の方を多くもたらした」

モランは人間の歴史を俯瞰しながら分析しているわけですが、この考察は例えば恋愛関係にある男女という身近な例にも当てはめることができます。「どうして私のことがわからないのよ！」というような不和から別れるのは、結局自分が相手に求めている価値観の共有が叶わないからです。それこそ自分が相手に対して求めていた予定調和を達成させてくれない、その腹立たしさが起爆しているわけです。だから多くの人たちは、恋愛経験を何度も重ねつつ、自分と価値観が共有できる相手を求めることになる。

社会のなかでいちばん身近な単位は家族だと先述しましたが、さらに小さく絞り、時系列を遡ると、子どもを生《な》す前の夫婦や恋人、つまりパートナーとの関係が、群れにおけるもっとも基本の単位ということになります。だからこそ、自分と同じ考え方の人と一緒にいたいと思う。自分の基盤を盤石にしたいという願いは、当然のものではあるでしょう。

子どもの頃からまさに意思の疎通ができないことを魅力と感じて昆虫と接していた私にとっては、恋人としての相手にも、そして夫にも、倫理観と良識を除けば生き方の価値観の共有を求めることはありません。イタリア人の夫とは育ちもバックグラウンドも違うためわかり合えないことなどてんこ盛りにあります。でも、人という観察対象として面白いと感じられるから、時々軋轢が発生しても、こうして繋がっていられるのでしょう。

私が夫と結婚したのは34歳のときでした。一人で生きていける稼働力を身につけることを第一に考えながら息子を育てている最中で、正直男性という存在はもう自分には必要ないと思っていました。それまでの経験で、他人と一緒に暮らすことがどれだけ自分にとってストレスフルなのか、十分に体感できたように感じていたからです。でもそんなときに、現れたのが夫でした。結婚に対しての願望など一切なく、経済的にも自分の力でまったくなんとかなっていた私にとって、結婚はそれほど大した節目でもイベントでもありませんでした。つまり、何の期待も理想もなかったのです。そのおかげで、結婚して20年が経っても「こんなはずではなかった」と思うようなことは皆無です。今更ですが、お見合い結婚の美徳に通じるものを知った気がしました。

コロナ禍を機に私たちの暮らし方は以前にも増して距離が開き、夫はイタリアで高校の教諭として、そして私は日本を仕事の拠点として過ごしています。しかし、私たちはそれをコロナにおける負の顚末などとはまったく思っていません。むしろ、それぞれが自活できている家族にとって、距離はそれほど重要ではないという結論に到達したと言えます。学術者同士の夫婦の友人たちのなかにも、一人はアメリカの大学、一人はフランスの大学、といったようにそれぞれの専門分野のために、一緒に暮らすことが叶わない例がたくさんあります。研究者の世界ではそれが当たり前と言ってもいいでしょう。もちろんそれで壊れてしまった関係も見てきましたが、自分たちの仕事に熱心な夫婦は、年に2、3回会うだけでも満足していますし、なんせテクノロジーの発達した現代では無料のビデオ通話もありますので、ますます距離に対しての違和感を感じなくなりつつあります。

夫に早く先立たれてしまった私の母は、娘の私たちがまだ幼かった頃から「結婚は人生の解決策でもゴールでもない。機会がないものを無理やりつくってでも結婚するものではない」と繰り返していました。それが潜在意識にあったからなのかわかりませんが、私はもともと男女間の関係や結婚に何の理想ももたずに生きてきました。だからフィレンツェの留学時代に一緒に暮らしていた詩人と貧乏地獄にはまろうが、未婚で子どもを産もうが、そのあとに詩人と別れようが、すべての決意に「こんなことあり得ない」と自分を責めるような負荷はありませんでした。

傍目には「あり得ない」かもしれませんが、あり得るかあり得ないかは、結局は当事者が決めることなのです。

"正しさ"への疑念、情報を見極める力

火山の噴火など大きな変化が自然に起きたとき、昆虫はそれ以前とは違う生態を見せます。生息環境の状況に生物は敏感に反応するわけです。人間も、南太平洋の島々のように温暖な気候の海に囲まれた地域と、生命を焼き尽くすほどの灼熱の太陽が照りつける中東の砂漠地帯では、そこに暮らす人の性質も生活体系もまったく異なっています。

自然環境の状況がそれほど私たちの生態に影響を及ぼすなら、新型ウイルスの世界的な流行は人間にどんな変化をもたらすのか。本当のところは、おそらく随分と先にならなければ見えてこないと思いますが、今一度、歴史のなかにヒントを探ろうと思います。

まず、いちばん危惧すべきことは、無教養を推奨する組織が生まれることです。中国の文化大革命やカンボジアのポル・ポト政権もさることながら、近年の例では、バーミヤンなどの遺跡を破壊し、アフガニスタンの政権を掌握したタリバンの存在も挙げられます。「今後は女性の平等を」などと対外的に掲げてはいましたが、実践されているような気配はいまだにありません。同じイスラム勢力で言えばＩＳは、かつて我々家族が暮らしていたシリアの

古代遺跡をことごとく粉砕し、シリアの古代文明の学術界においては唯一無二の存在だった高齢の考古学者を殺害しました。彼らにとって人間の知性や感性の発達は群衆統括というストラテジー（戦略）において最も厄介なものであり、そこをまず潰してしまわなければ国家は成立しないという妄信に駆られているのです。

日本のような先進国でISやタリバンのような集団が力をもつことはないだろうし、ましてや文化大革命みたいなことなんてあり得ない、先進国とは無関係な話だ、などと思い込みたい気持ちはわかりますが、実は過去にも非常に高度な文明が知的レベルの低い文明にあっという間に転化してしまった史実があるのです。

例えば地中海世界は、ミノス、古代ギリシャ、エトルリア、古代ローマと、着々と文明を発展させてきましたが、それがやがて北方で寒さと痩せた土壌に苦しんでいたゲルマン民族の侵攻により、転覆させられるという顚末を迎えます。男女共に貴金属で身を飾り、贅沢な食卓を囲み、下水道の発達によって入浴文化も栄えていたローマ人のハイスペックな生活が、自分たちよりもずっと文明度が劣っているはずの〝蛮族〟によって壊されてしまったのです。

崩壊へのプロセスで何より致命傷となったのは、ゲルマン民族が水道といった文明的インフラを破壊したことです。水が供給されなくなったことで、帝国をあれだけ拡大させる外交手段でもあった「お風呂」が機能しなくなり、顕著な文明の衰退が始まります。冷静さを失った人々の間では殺戮が続き、心身共に脆弱化した状態のもとに拡張していったのが、キリスト教でした。

「人間は愛です。人殺しはいけません。皆で力を寄せて……」という人間の優しさや慈愛を軸としたメッセージは、多くの民衆にとって、それまで自分たちを統括していたローマ法よりも魅力的に感じられたことでしょう。そして、宗教の力を利用した教会権力が台頭し、民衆を宗教的教義で強く拘束する政治が執行される、いわゆる〝暗黒の中世〟へと時代は移行していきました。文化的にはこの中世時代にも様々な発達はありましたが、古代ローマ時代の最盛期に学術者や芸術家が極めていた、あらゆる分野におけるスキルの高さは、徐々に失われていったのです。

こうした展開の顛末は、100年前の第一次世界大戦とスペイン風邪パンデミックの直後の、ナチズムとファシズムによる独裁統括と重ね合わせることもできるでしょう。

そして現代、パンデミックが及ぼしたあらゆる困窮からまだ抜け切れてもいないのに、ロシアとウクライナでは戦争が始まり、ミャンマーやアフガニスタンやシリアの紛争もいまだに終わっていません。頭上から爆弾が降ってくるわけではなくても、日本も以前までのように暮らしていくのが難しくなる可能性やリスクをいくらでも抱えています。こんなとき、人々は自分たちの安寧を求めて様々な試行錯誤を試みるわけですが、現代ではＳＮＳがそういった人たちにとっての恰好の場となっています。

世知辛い状況を乗り越えるために誰かの強い言葉にすがりたいという気持ちが芽生えてしまうのは、群生社会に生きる人間の特徴であり、自分たちを救ってくれそうな言葉を発する人を求めるようになるのも仕方がありません。しかし、気をつけなければならないのは、そうしたバーチャルコミュニケーションのなかにおいても大きな同調圧力があるということです。「周りが皆そうしているから、じゃあ自分も」という判断に任せていると、１００年前のドイツやイタリアのような道を辿る可能性も出てきます。

思想というのはどれも、他者が発する言葉が構築されなければ得られないものです。他者の言葉を求めることは決して間違いではありませんが、「それを周りが皆支持しているから」ではなく、自分の思考力によって判断するための知力を、私たちは鍛えなければいけないのです。

コロナ禍になってから私は、以前にも増して様々なジャンルの映画や本を鑑賞してきましたが、たまたまテレビで見た「地球温暖化の嘘」を題材にしたアメリカのドキュメンタリーでは、現代社会における「情報」の実態とバックグラウンドというものを、あらためて考えさせられました。

地球温暖化が語られる際、学術専門家が登場し、その論説を述べる姿を見ることがありますよね。科学者の言葉なら「絶対的に正しい」という前提で私たちは耳を傾けます。しかしそのドキュメンタリーでは、学術関係者たちが研究費を賄うために大手石油会社と手を組み、「二酸化炭素の排出は地球に害ではない」「地球温暖化は起きていない。気温上昇はそこまでではない」といったキャンペーンが仕掛けられた事実が指摘されていました。

さらに印象に残ったのは、テレビなどのメディアでもっともらしい言説を論じていたのが、シンクタンクに雇われた営業的な立場の人だったということです。専門家ではなく巨額の資金を動かすプロが気候変動を語っていたのですが、その態度たるや実に堂々としていて、知的そのもの。人々を信じさせる説得力を帯びていました。ビジネス上の目的でそこまでインテリ然として世間を誘導できる人材は、日本にはいないタイプかもしれません。

地球温暖化に関しては、温暖化に対する危惧そのものが意図的に仕込まれたものだと捉えている研究者の発言を聞いたこともありますが、それはそれなりに興味深い論点でもあり、目下これは私にとって情報の安直な解釈だけで収めることのできない、最も注意深さを要求される社会問題の一つとなっています。

どちらにせよ、人間の社会が資本主義というシステムのなかで稼働している以上、信憑性を掲げたいかなる推察や憶測も、誰かの利益のために情報として発信されていることは認識しておくべきだと思います。〝専門家〟という人々の言葉を私たちは正しいと捉えがちですが、流布される情報の裏に万人のためではないお金が動いている可能性は十分にあるわけです。科学分野の研究は特に、商売とつながりやすい世界だということも認識しておけば、日々耳に入ってくる情報に翻弄され過ぎずに済むかもしれません。

「令和のルネサンス」という未来

パンデミックの先にある危険性を先に挙げましたが、史実にはもう一つの未来の可能性を認めることができます。14世紀半ばの黒死病（ペスト）のパンデミック後、イタリアを起点にほかのヨーロッパへと伝播した、のちにルネサンスと呼ばれる現象です。

中世時代のヨーロッパでは、異端審問や魔女狩りといった弾圧が繰り返されるなど、強い宗教的拘束によって民心が抑圧されるという側面があった一方で、当時彼らにとっていちばんの敵であったイスラム勢力がもたらした文化的な影響によって、新しい意識改革への火種が灯されました。文学や哲学、数学、そして絵画や彫刻などといった芸術の分野において、表現者たちの創造的なエネルギーは様々な場所で静かに育まれ、それをサポートする資本家が現れることによって大きな文化的ムーブメントとなっていきました。

過去にそういった例があったのなら、今回の新型コロナウイルスの蔓延によって、少なからず生活を抑圧されてきた現代の私たちのなかにも、ふつふつと何かが育まれ、それが芽吹く瞬間が訪れるのではないか。その可能性は十分にあり得ると思っています。

第二次世界大戦後の復興にしても、人間というのは大きなダメージによる傷を被ったあとに、それを回復させるかのように経済や文化的意識の勢いを増していきました。こうした潮流はほとんど自然現象のようなものなのかもしれませんが、そこにはいくつかの重要なファクターがあります。一人ひとりが知性と感性を磨き、創造性を熟成させていくのはもちろんのこととして、ルネサンスでは「聡明なお金の使い方ができる人」が大きな推進力になっていたことを意識に留めねばなりません。例えばイタリア・ルネサンスの場合は、フィレンツェの銀行家、コジモ・デ・メディチの存在がそれに当たります。

銀行業で成功した父の後継者だったコジモは、いわゆる成り上がりの2世代目で、文化芸術に好奇心をもったお坊ちゃんの素養がありました。そして、芸術家に資金を提供し、人々が人間として生まれてきたことを肯定できるような要素をもった作品をたくさんつくらせていきました。

彼がパトロンとして活躍した時代の象徴的な作品の一つが、修道士で画家のフィリッポ・リッピが描いた聖母子像です。リッピは自分が仕事に出かけた修道院で見かけた美人修道女と駆け落ちするような奔放さをもった修道僧でしたが、それまでの無表情で不細工なマリアを、その自分の奥さんをモデルにした美少女へと変身させたのです。

当時のスキャンダル王と言うべき破戒僧リッピの描いた美人マリア様は、マルベル堂のアイドルのプロマイド並みの人気を博しました。画家や職人に祭壇画などを発注する人々は皆「リッピみたいな美人なマリアをお願いするよ」とリクエスト。それまでメジャーだった静謐《せいひつ》でどちらかと言えば無表情のマリアのイメージは、リッピの美人マリアブームで徐々に払拭されていったのです。

さらにルネサンス期の画期的な絵画作品として挙げられるのは、サンタ・マリア・デル・カルミネ教会で描かれたマサッチョによる旧約聖書の1シーン「楽園の追放」です。掟を破って禁断の果実を食べてしまったアダムとイヴが楽園から追い出されるその場面で、マサッチョは二人の裸体を描きました。一般の人々が教会のような公の場で他人の裸体を見たのは、実に何世紀ぶりのことだったわけですから、きっと多くの人々がびっくりしたことでしょう。

当時、ローマやその近郊から古代ローマ時代につくられた女神や神の裸体像が発掘されるようになり、その完成度の高さと作品の美しさに驚いた職人たちは、本来人間に備わっているはずの、芸術表現の圧倒的な可能性を思い知らされることになりました。

マサッチョがそうした古代の裸体像を見たかどうかはわかりませんが、同時期の彫刻家ドナテッロもまた、旧約聖書の登場人物であるダヴィデを素っ裸の少年像として発表します。こうした動きのなかから画家や彫刻家たちは、それまでタブーとされていた人間の裸体もギリシャやローマに紐づければいくらでも表現できると考えたに違いありません。

コジモ・デ・メディチの孫ロレンツォの世代になると、勢いをもって潤う経済の土壌から、ボッティチェリによる「ヴィーナスの誕生」や「春」といった目の保養としか言いようのないような美麗な作品が生まれました。絵画も彫刻も、それまでの宗教や為政者によるプロパガンダ的要素の露呈が抑えられ、人々の精神性を耕すきっかけや栄養素としての意味を帯びるようになっていったのです。

実は去年から今年にかけて、私の仕事にもちょっとしたルネサンス的な展開がありました。

11年ぶりにアルバムを出すことを決めた音楽家の山下達郎さんのアルバムジャケットに、彼の肖像画を使いたいという依頼がありました。山下さんからはだいぶ前に「油絵を描くのだったら、いずれ自分の肖像画を描いてほしい」というリクエストをいただいていましたが、それはまだずっと先のことだと思っていたのです。しかも私がフィレンツェで習得した画法は、それこそ15世紀初頭から半ばにかけての北方の画家と、それに影響を受けてイタリアでいち早く油彩を使うようになったアントネッロ・ダ・メッシーナに代表されるような、グレーズ画法による独特なスタイルです。暗い背景に顔がぼんやり浮き上がって見えるようなスタイルの肖像画は、それこそ日本の人にはあまり馴染みがありませんから、本当にそれでいいのかと山下さんに確認をしてみました。すると彼は「ぜひその画法でお願いしたい」とおっしゃった。

パンデミックの苦境を乗り越えての念願のアルバムリリースという状況を慮ると、この展開はまるで黒死病の後に花開いたルネサンスの流れのようにも私には受け取れました。なので遠慮なくお引き受けすることにしたのです。

私が油絵を描くのは実に20年ぶりのことでした。日本の仕事場には油絵を描く素材など一つもないので、慌てて新宿の画材屋へ行って、特性や効果を覚えているものもそうでないものも含めて油彩に必要なメディウムを数種類、そして油絵具を何十色か調達し、家に帰るや否やジェッソを塗った白いキャンヴァスに山下さんの顔を描き始めたのでした。

日本の軽音楽業界において他者の追随を許さない音に対しての審美眼と磨き上げられた技術をもった職人として、世界中にも多くのファンをもつ山下さんを描くとなると、こちらも一切の妥協は許されません。トイレに行く時間も食事や睡眠をとる時間も削って、納得のいく仕上がりに至るまで8号の肖像画を描くのに費やした時間は丸2カ月間。かつて油絵で食べていくことが難しいという理由で漫画を描くようになって四半世紀。すっかり忘れ去っていた油彩作画時のドーパミン分泌でよれよれになりながらも、絵画という道を選択した自分にようやく自信が湧いてくるのがわかりました。

パンデミック後のルネサンスを起こそうとしている山下さんに自分も加勢させてもらった。その意味も含めて、彼の肖像画を描くことは本当に大きな意味があったと思っています。

ダメージと停滞は、人々の想像力を運動不足にしてしまいます。ざっと見まわしてみると、今のところ多くの人たちは、停滞期に溜まったエネルギーで想像力を改革的な方向に駆使するよりも、憂さや鬱憤を晴らすことにばかり使っているように見受けられます。でも、もうそろそろ目線を上へと向ける時期が来たと捉えていいのではないでしょうか。

この地球において、現在に至るまで数えきれないくらいの困難が発生してきましたが、こうして我々が今この時代を生きているのは、それらのすべてを乗り越えてきた強靭な遺伝子の生命力があったからだと言えます。

たちどまらなければならなかった時間のなかで溜め込んできたパワーを使って、一体どんなことができるのか。これからの時代、パンデミックを乗り越えた人間が、持ち前の知性と実行力をどのように稼働させていくのか、興味深く、そして慎重に見ていきたいと思います。

おわりに

この原稿を書いている2022年、第7波と言われるコロナの感染拡大状況のなか、私の周りにも陽性反応が出てしまった人たちが著しく増えている。風邪やインフルエンザよりもずっと軽いし、思っていたほどつらくないと発言している友人もいれば、3度のワクチン接種をしたにもかかわらず、39度の熱が3日間も続き、死にそうな心地がしたという人もいる。こうした病状の個人差はどんなウイルス感染にも共通することだが、3年近くコロナと付き合い続けてきた私たちは、正直、このウイルスと、ウイルスを扱う報道に翻弄される日々に心底から疲れを覚えつつある。世界でもウイルス騒動倦怠感は蔓延しており、国によってはもう感染者数をカウントするのをやめているし、大きなニュースとしても取り上げていない。イタリアもまさにそんな様子だった。

本文でも触れた通り、2年半ぶりに入国を果たしたイタリアは、パンデミック以前と全くと言っていいくらい何の変わりもなかった。ヴェネツィア空港では検疫のワクチン接種の有無を確認するチェックもなく、ゲートの外では出迎えの家族と頬にキスを交わしながら抱擁をしている人たちがたくさんいた。パンデミック的空気は完全に払拭され、大勢の観光客が健やかな表情で空港内を行き来しているのが目に入るだけだった。

久しぶりの我が家も、パドヴァの街も、イタリア家族も、そして友人たちも2年半ぶりとは思えないくらい、以前のままだった。感染症による規制で数年足止めをされたとて、過去と現在の空白期間など、考えていたほど大袈裟なものではなかった。イタリアから離れている間に亡くなってしまった親族や友人にはもう会うことはできないが、きっかけがどうであれ、こうした別れは必ずどこかで経験することなのだと思うと、諦めもつく。誰と話していても、コロナのネタはもう出てこない。皆どこか達観してしまったかのような穏やかさが感じられた。

それでも、パンデミックのように、予測不可能な出来事によって生じる動揺は厄介なものだ。ほかの生物は、生まれた瞬間から外敵に狙われる恐怖感を強いられ、生きるというのはそもそも予測不可能な出来事で満ちているという自覚を持たされるが、我々人類の場合は出生直後から親や周囲の人間から手厚く扱われ、すぐに立ち上がって自力で行動をしなければならないわけではない。持ち前の知恵を使い、生きるつらさから意識を背けるため、人生は素晴らしいものでなくてはならず、幸せの権利は万人にもたらされるべきだなどと思い込むあまり、あらゆる非常事態に対しての免疫が脆弱になってしまった。

社会は常に調和と平穏によって保たれるべきものというのが当たり前の解釈となり、ちょっとでもそのバランスが乱れると大騒ぎが始まる。戦争、災害、疫病、そういった予測外の事態と向き合うとき、私たち人類はそれを起こってはならなかった不幸や不条理と捉え、幸せを遠ざけられてしまった無念な気持ちに見舞われて、落ち込んだり悲しんだりする。

でも、もし我々が自ら生存率が絞られる野生の生物と同様に、この地球という惑星で生き延びていく覚悟と心構えを常に持ったまま進化していたとしたら、うつ病のような病になる人もずっと少なかったのではないだろうか、などということをつい思ってしまう。狩猟だけで明日を生き延びていた頃の人類は、子どもや親が虎に食われても、雷が落ちて死んでも、妻を別の男に奪われても、生きるなんてことは所詮こんなものだと受け入れるしかなかったのではないだろうか。

遺伝子を残すための群れの形成と組織化が進み、目に見えない力を司るシャーマンが現れ、人類は食物がなくてもとりあえず〝希望〟があれば生きる力が湧くということに気がつくことになる。〝希望〟は現実のつらさを希望的観測に転換してくれるありがたい言葉だが、見方を変えれば、呪術的な側面も秘めている。

人間が、こうした〝希望〟という言葉を生み出したような知恵の技によって、自分たち人類や人生をあまりに特別なものだと思い込み過ぎてしまっている感は否めない。エンタメなどの文化事業が人間の社会においてこれだけ大きな影響力や経済効果があるのは、どんなことが起ころうとも、人生はそれでも素晴らしいはずだと信じてやまない人々にとっての必然であり、苦悩からの救済であり、楽観的信念へのエゴイズムの顕れだという見方もできるのではないだろうか。

しかし、感染症という非常事態は、人類にエンタメによる栄養補給さえ絶つことを強制し、我々はやり場のない不安と嘆きの波に呑み込まれて、溺れる危機に瀕しつつも生き延びなければならなかった。前著『たちどまって考える』は、まさにそんな状況下で私が考えたことを書籍化したものだが、あれからしばらくの時間を経て、私たちはコロナ禍がまだ収束していないなかで、心許なくも自分たちの意志で歩き始めようとしている。メディアや世間の言葉に揺さぶられながらも、どこへ向かってどんな歩幅で進むのかの判断は、最終的に自分でするしかないと実感する人々が増えてきているように思う。

久々のイタリアは、今もなお生き方の指南をニュース番組を始めとするメディアの情報には委ねていない。彼らは元々社会の情報や世間の動向というものに事細かく疑念を抱きながら生きる人種ではあったが、ウクライナとロシアの戦争にしても、テレビ画面から流されてくる情報を鵜呑みにしている人など誰もいない。生き難くなってしまった世の中に眉を顰《ひそ》め、文句や不満を口にする人はそれなりにいても、長きにわたる歴史のなかでのあらゆる経験則や教訓を振り返ることによって、予測不可能な事態に対する動揺や狼狽を、完全にではなくてもある程度克服できている。彼らの日常に何気なく深く浸透している歴史の教訓こそが、人間社会という目測不可能なジャングルを生き抜くための術となっているのかもしれない。

　私たち人間がたちどまろうと、歩き出そうと、地球という惑星は46億年前から変わらず宇宙の法則のなかで毅然と回り続けている。そんな惑星にへばり付きながら生きている立場として今私が思うのは、何度も繰り返すが、自分たちの種族である人類やその生に対して驕り過ぎた見方をしてはならないということだ。

　人間が70年なり80年なり生きていく上で、失望も屈辱も失敗も悲しみも避けて生きていける可能性など正直皆無だと言っていい。なのに、私たちは自分たちの心構えや行い次第で、苦労も苦しみもない幸せに満ちた夢のような暮らしも可能だと子どもの頃から安直に思い込まされ、そうならなかった場合の対処をほとんど修練させられていない。水溜りを避けて歩く方法論ばかり学んだところで、水溜りに嵌まった場合にどうしたらいいのか、我々の得意な機能である想像力を稼働できない人間が今は多すぎるのではないだろうか。極端な人であれば、水溜りに足を濡らしただけで、「ああ、もう自分の人生はこれでおしまいだ」などと自分を追い詰めたりする場合もあるだろう。地球は水溜りを発生させる惑星なのであり、そこに嵌まって足を濡らしたところでなんぼだという原始的かつ進歩的な意識の稼働を必要としない現状というものを、我々はもう少し疑ってみたほうがいい。

生きるとは、生が与えてくれるたくさんの可能性を享受すること。これは今年101歳を超えても現役の思想家エドガール・モランが近著で語っていた言葉である。人間社会を1世紀の間体験してきた人の言葉にはやはりそれなりの質感がある。根拠なき楽観は、怠惰な生物である我々人間にとってありがたいものではあるし、必要不可欠な要素でもある。と同時に、そうした楽観性の持つ脆さや危うさを、私たちは幼い頃からもっと積極的に認識しておくべきだろう。そうすれば、見たいものしか見たくない、知りたいことしか知りたくないという、甘ったれた人生へのエゴイズムが、狡猾な支配欲を持つ者にどんな悪徳な発想を促すことになるのか、それによってどんな破綻が待ち受けているのか、自らの頭で自覚できるようにもなるだろう。思考力と想像力は人間にとっての自家発電装置であり、得体の知れないものに依存するよりもずっと良質のエネルギーを供給してくれるはずだ。

２０２０年にたちどまることを強いられた私が、今再び閉ざされた枠の外へ出ていくようになって、何よりも先に感じたのはそんなことである。

２０２２年8月　猛暑の等々力にて

ヤマザキマリ

章扉写真／山崎デルス
構成／八幡谷真弓
本文ＤＴＰ／市川真樹子

ラクレとは…la clef=フランス語で「鍵」の意味です。
情報が氾濫するいま、時代を読み解き指針を示す
「知識の鍵」を提供します。

中公新書ラクレ
773

歩《ある》きながら考《かんが》える

2022年9月10日初版
2022年9月30日再版

著者……ヤマザキマリ

発行者……安部順一
発行所……中央公論新社
〒100-8152 東京都千代田区大手町 1-7-1
電話……販売 03-5299-1730　編集 03-5299-1870
URL https://www.chuko.co.jp/

本文印刷……三晃印刷
カバー印刷……大熊整美堂
製本……小泉製本

©2022 Mari YAMAZAKI
Published by CHUOKORON-SHINSHA, INC.
Printed in Japan　ISBN978-4-12-150773-0　C1295
定価はカバーに表示してあります。落丁本・乱丁本はお手数ですが小社
販売部宛にお送りください。送料小社負担にてお取り替えいたします。
本書の無断複製（コピー）は著作権法上での例外を除き禁じられています。
また、代行業者等に依頼してスキャンやデジタル化することは、
たとえ個人や家庭内の利用を目的とする場合でも著作権法違反です。

中公新書ラクレ　好評既刊

L585
孤独のすすめ
――人生後半の生き方

五木寛之 著

「人生後半」を生きる知恵とは、パワフルな生活をめざすのではなく、減速して生きること。「前向きに」の呪縛を捨て、無理な加速をするのではなく、精神活動は高めながらもスピードを制御する。「人生のシフトダウン＝減速」こそが、本来の老後なのです。そして、老いとともに訪れる「孤独」を恐れず、自分だけの貴重な時間をたのしむ知恵を持てるならば、「人生後半」はより豊かに、成熟した日々となります。話題のベストセラー!!

L598
世代の痛み
――団塊ジュニアから団塊への質問状

上野千鶴子＋雨宮処凛 著

親子が共倒れしないために――。高度経済成長とともに年を重ねた「団塊世代」。就職氷河期のため安定した雇用に恵まれなかった「団塊ジュニア」。二つの世代間の親子関係に今、想定外の未婚・長寿・介護などの家族リスクが襲いかかっている。両世代を代表する論客の二人が、私たちを取り巻く社会・経済的な現実や、見過ごされてきた「痛み」とその対策について論じ合った。この時代を心豊かに生き抜くためのヒントが満載。

L616
読む力
――現代の羅針盤となる150冊

松岡正剛＋佐藤　優 著

「実は、高校は文芸部でした」という佐藤氏の打ち明け話にはじまり、二人を本の世界に誘ったセンセイたちのことを語りあいつつ、日本の論壇空間をメッタ斬り。既存の価値観がすべて潰えた混沌の時代に、助けになるのは「読む力」だと指摘する。サルトル、デリダ、南原繁、矢内原忠雄、石原莞爾、山本七平、島耕作まで?! 混迷深まるこんな時代だからこそ、読むべきこの130年間の150冊を提示する。これが、現代を生き抜くための羅針盤だ。

L624

日本の美徳

瀬戸内寂聴＋ドナルド・キーン 著

ニューヨークの古書店で『源氏物語』に魅了されて以来、日本の文化を追究しているキーンさん。法話や執筆によって日本を鼓舞しつづけている瀬戸内さん。日本の美や文学に造詣の深い二人が、今こそ「日本の心」について熱く語り合う。文豪たちとの貴重な思い出、戦争や震災後の日本への思い、そして、時代の中で変わっていく言葉、変わらない心……。ともに96歳、いつまでも夢と希望を忘れない偉人たちからのメッセージがつまった対談集。

L655

独学のススメ

——頑張らない！「定年後」の学び方10か条

若宮正子 著

「趣味がない」なんてしょんぼりしなくて大丈夫。「やりたいこと」の見つけ方、お教えします。何歳からでも〝成長〟できます。定年後はますます楽しくなります——。定年後に「独学」でプログラミングを学び、世界最高齢のアプリ開発者として一躍有名人に。英語のスピーチはグーグル翻訳で乗り切り、旅先で知り合った牧師さんの家を訪ねてみたり。自由気ままな84歳。毎日を楽しく生きるコツは、頑張りすぎない「独学」にありました。

L696

新装版 思考の技術

——エコロジー的発想のすすめ

立花 隆 著

新興感染症の流行と相次ぐ異常気象。生態系への介入が引き起こす「自然の逆襲」が加速化している。自然と折り合いをつけるために我々が学ぶべきものは、生態学（エコロジー）の思考技術だ。組織内の食物連鎖、部下のなわばり根性を尊重せよ、「寄生者と宿主」の生存戦略、「清濁あわせ呑む」大人物が出世する——。自然の「知」は仕事上の武器にもなる。「知の巨人」立花隆の思考法の根幹をなすデビュー作を復刊。「知の怪物」佐藤優氏解説。

L699

たちどまって考える

ヤマザキマリ 著

パンデミックを前にあらゆるものが停滞し、動きを止めた世界。17歳でイタリアに渡り、キューバ、ブラジル、アメリカと、世界を渡り歩いてきた著者も強制停止となり、その結果『今たちどまることが、実は私たちには必要だったのかもしれない』という想いにたどり着いたという。混とんとする毎日のなか、それでも力強く生きていくために必要なものとは？ 自分の頭で考え、自分の足でボーダーを超えて。あなただけの人生を進め！

L705
女子校礼讃
辛酸なめ子 著

辛酸なめ子が女子校の謎とその魅力にせまる！　あの名門校の秘密の風習や、女子校で生き抜くための処世術、気になる恋愛事情まで、知られざる真実をつまびらかにする。在校生へのインタビューや文化祭等校内イベントへの潜入記も充実した、女子校研究の集大成。読めば女子校育ちは「あるある」と頷き、そうでない人は「そうなの⁉」と驚き、受験生はモチベーションがアップすること間違いなし。令和よ、これが女子校だ！

L708
コロナ後の教育へ
――オックスフォードからの提唱
苅谷剛彦 著

教育改革を前提から問い直してきた論客が、コロナ後の教育像を緊急提言。オックスフォード大学で十年余り教鞭を執った今だからこそ、伝えられること――そもそも二〇二〇年度は新指導要領、GIGAスクール構想、新大学共通テストなど一大転機だった。そこにコロナ禍が直撃し、オンライン化が加速。だが、文科省や経産省の構想は、格差や「知」の面から諸問題をはらむという。以前にも増して地に足を着けた論議が必要な時代に、処方箋を示す。

L709
ゲンロン戦記
――「知の観客」をつくる
東　浩紀 著

「数」の論理と資本主義が支配するこの残酷な世界で、人間が自由であることは可能なのか？「観客」「誤配」という言葉で武装し、大資本の罠、敵／味方の分断にあらがう、東浩紀の「生き延び」の思想。哲学とサブカルを縦横に論じた時代の寵児は、2010年、新たな知的空間の構築を目指して「ゲンロン」を立ち上げ、戦端を開く。いっけん華々しい戦績の裏にあったのは、予期せぬ失敗の連続だった。ゲンロン10年をつづるスリル満点の物語。

L715
自由の限界
――世界の知性21人が問う
国家と民主主義
鶴原徹也 編

エマニュエル・トッド、ジャック・アタリ、マルクス・ガブリエル、マハティール・モハマド、ユヴァル・ノア・ハラリ……。彼らは世界の激動をどう見るか。二〇一五年のシャルリ－・エブド事件から「イスラム国」とアメリカ、イギリスのEU離脱、トランプ米大統領と米中対立、そして二〇二〇年のコロナ禍まで、具体的な出来事を軸とした三八本のインタビューを集成。人類はどこへ向かおうとしているのか。世界の「今」と「未来」が見えてくる。